光文社文庫

文庫書下ろし

雛の結婚

三萩せんや

KOBUNSHA

光　文　社

この作品は光文社文庫のために書下ろされました。

目次

主な登場人物

若枝ひな　子爵・若枝鴻之助の娘。父の他界後、使用人として扱われる。
汐見鷲一郎　海軍将校。四十六歳。ひなの縁談の相手。
汐見タカ子　鷲一郎の母。ひなを優しくむかえる。

序章

空を映す、青い海。

その間を縫うように、海鳥たちが鳴きながら飛んでいる。

潮騒の音と磯の香りが、爽やかな風に乗って浜辺の砂を撫《な》でてゆく。

初夏の暖かな日差しはキラキラと波間に照り返し、まるで美しい螺鈿《らでん》細工のようだ――。


――しかし、目を覚ますたび、その光景は煙のように散ってしまう。


（また、あの海……）

夢だと気づき、ひなはうっそりと目を開いた。

あれは、まだ父が生きていた頃に連れていってくれた海だ。

きっと、もう二度と見ることは叶わない。だからこそ、何度も夢に見るまで焦がれているのだろう。

胸に堪《こら》えようのない郷愁が湧き起こり、無性に泣きたくなる。

(……ずっと、あの海にいたかったな)

夢を見るたびに、いつもそう思う。

けれど、冴え冴えとした青い空と海に囲まれた砂浜は、今は夜明け前の薄暗い書庫の中だ。身体を包んでくれた初夏の日差しと風も、まだ春を待つ冷気と使い古して薄くなった寝具に、磯の香りは、黴《かび》と埃《ほこり》の匂いになっている。

そして、もしこのままここに留まっていたなら、やがて海鳥の鳴き声と潮騒の音の代わりに義母の怒声が響き渡るだろう。

(起きなくては……叱られる前に……)

ひなは後ろ髪を引かれる思いで身体を起こす。そうして手早く支度《したく》を終えると、書庫の外、台所へと向かった。起き出して最初の仕事――朝食の用意をするためだ。

ひなは実家であるはずのこの屋敷で、今は使用人として働いていた。

「ひな様、おはようございます」

竈《かまど》にくべる薪《まき》を運んでいると、一人の老婆がやって来た。

彼女は、この屋敷でひなが生まれる前から働いている使用人で、名をウメという。

血の繋がりはないものの、ひなにとっては母や祖母のような、大切な存在だ。

「ああ、手が荒れますよ。そのような仕事はウメがやりますとあれほど――」

「大丈夫よ。身体も温まるし、若い私がやったほうがいいもの」

「ウメはまだ老いてはおりませぬ」

「ええ、それはもちろん。でも、この前だって腰が痛いと言っていたでしょう？　あの薬が効いたからよかったものの、無理はさせられないわ」

「ひな様にだって無理はさせられません。若枝《わかえだ》家のお嬢様なのですよ」

「そんな昔の話、覚えているのはウメくらいじゃないかしら」

「いいえ。使用人一同、片時も忘れたことなどありません」

頑《かたく》なに首を縦に振らないウメに、ひなは苦笑した。

ひなは、この邸宅の主だった子爵・若枝鴻之助《こうのすけ》と亡くなった前妻の娘である。

父が存命だった頃、ここ若枝邸は二十余名もの使用人を抱えていた。

だが、現在はその半分にも満たない。

十年前に父が亡くなったあと、義母が使用人への給金を減らした。それに反発した者たちが辞めてしまい、一気に人数が減ってしまったのだ。

今は、父を慕っていた者たちだけが、忠義の心で残ってくれている。

ひなは、その足りなくなった人手を埋めるために、義母に命じられて働かされていた。

否、働き手になることを条件に、この屋敷に留まることを許されているのだ。

『使用人の子として育てますので、どうかひな様を屋敷にお留め置きください！』

ウメをはじめとした懇意の使用人たちがそう言って庇《かば》ってくれなければ、十歳になる前のひなはあの時、身売りに出されていたかもしれない。

以来、ひなはウメたちこそ家族だと思って暮らしてきた。

華族の令嬢として扱われることもなくなって久しい。

義母と義妹からこき使われるのが常という生活の中、令嬢としての暮らし方なども、ひなはとうに忘れてしまった。

だというのに、ウメは違った。

「私どもは、ひな様こそ、この屋敷の主だと思っております」

真剣な顔でそっとひなの手を取り、ウメは優しく擦《さす》る。

節くれだってごつごつした、働き者の手。ひなはこの手が好きだった。心強くて、安心できる。十年もの間、父母に代わって守ってくれた手だ。

「旦那様の娘であるひな様を大事にしないなんて……奥様は罰当たりです」

「ウメ。そんなことを言ってはだめ」

ぼそりと呟《つぶや》いたウメを、ひなは窘《たしな》めた。

ウメがひなを想って憤ってくれることは、嬉《うれ》しい。

けれど、大切な家族が叱られるところなど、もう見たくはなかった。

義母に叱られるのは、自分だけで十分。自分だけが耐えればいい、とひなは思う。

義母と義妹が起き出してくれば、機嫌がよければ嫌味が、悪ければ罵声が飛んでくる。

幼い頃のひなはそのたびに泣いたりしたものだが、今はもう慣れてしまった。

……さて、今日は一体どちらが飛んでくるだろう。

そんな風に、微《かす》かに身構えながら、ひなの一日が始まる。

しかし、いつもどおりだと思っていた今日、想定外の出来事が齎《もたら》されることを、この時のひなは、まだ知る由《よし》もないのだった。

第一章　巣立ちと出会い

「ちょっと」

ひなにそう声がかかったのは、去り行く冬の冷たさを湛《たた》えた井戸水を汲《く》み、義母と義妹の衣類を洗って、干し終えたあとのことだった。

声の主は、義妹の喜巳《きみ》だ。

ぼろをまとったひなとは対照的に、喜巳は美しい着物姿である。

義母の愛情を一身に注がれた義妹は、令嬢らしい華やかで優雅な生活をしていた。

同時に彼女は、異性との交遊に奔放なところがあることから、義母譲りのあばずれだ、と使用人たちからは嫌悪を囁《ささや》かれる対象でもあった。

耳に入ってくる喜巳の話は、何もかもひなとは縁遠い。

初めて出会った十一年前、喜巳は無垢な可愛さを振りまく可憐な幼女だった。

けれど、その時から相容れない相手だと、幼いながらにひなは感じていた。それが、十一年経《た》って、正しい直感だったのだと身に沁《し》みている。

父が床に伏すようになってから、これ幸いとばかりにされた嫌がらせは数知れず。亡き実母の形見の品は、ことごとく盗み出され、売り払われた。

そんな喜巳を一度ウメが叱ってくれたことがある。

泣いて悲しむひなを見ていられなかったのだろう。

だが、逆にウメが義母から酷《ひど》く叱られることになってしまった。

それを目の当たりにしてからというもの、ひなは泣かずに耐えることを選ぶようになった。両親だけでなく、ウメまでいなくなってしまう……そちらの方が耐えられそうになかったからだ。

だから、喜巳から声をかけられるたび、ひなは無意識に警戒してしまう。

今も自然と身体が強張《こわば》った。

「なんでしょうか……？」

「お母様が呼んでいるのよ。〝お義姉様《ねえ》〟に大事な話があるのですって」

穏やかに告げた喜巳に、ひなは違和感を覚えた。

普段の喜巳は、井戸水が温《ぬる》く感じられるほど冷たい視線と言葉を向けてくるか、烈火のごとき怒りを投げやすい手近な物と共にぶつけてくるかのどちらかだ。ひなの身体が強張るのは、いつも物が飛んでくるせいでもある。

しかし、この日の義妹はそうではなかった。嫌味も罵声も飛んでこない。機嫌も悪くないようだ。それどころか、どこか浮かれた様子ですらある。

（というか、今『お義姉様』と呼ばれた？）

何より、ひなはその事実に驚いていた。

喜巳は普段『ひな』と名を呼び捨てにしてくる。扱いとて使用人へのそれでありお義姉様と最後に呼ばれた時を振り返ろうとすれば、父の生前にまで遡《さかのぼ》らねばならない。

（一体どういう風の吹き回しかしら……？）

ひなは思わず考え込む。

きっと、手放しで喜んでいいようなことではない……十一年前、喜巳への警鐘を鳴らしたのと同じ直感が告げている。

ひなのその様子に、喜巳は眉を顰《ひそ》めた。

「何ぼーっとしてるのよ？」

「い、いえ、何でもありませんっ。失礼しました……」

「ふうん。まあ、いいわ。早く来て」

言って、喜巳はすたすたと歩いていく。

ひなは慌てて立ち上がり、そのあとを追う。いつもなら叱られているはずのところで叱られず、これにも内心では驚いていた。

（お義母《かあ》様たち、どこかにお出かけになるのかしら？　お買い物に行かれるとか……？）

屋敷の中を歩いてゆく喜巳を追い、その背を眺めながら、ひなは理由を考える。

義母と義妹は、帝都の街へと繰り出す時に上機嫌なことが多い。美味《おい》しいものを食べて、美しい着物や宝飾品を買って帰ってくる。それが楽しいようだ。

そういう日は、ひなも心が休まるのでありがたかった。ウメたち使用人も、妙な緊張をせずに過ごせるので喜んでいた。

だが、最近では、そんな日もめっきり減ってしまっている。

二人が遊び歩く際に使っていたお金は、父が遺《のこ》したものだ。そのほとんどを二人は使い果たしてしまったらしい。

ひなは家計を気遣うことを許されてはいなかったが、遺産の残りがわずかだということくらいは、二人の羽振りが悪くなったことで嫌でも気づくことになった。義母は借金もしているらしく、使用人たちの給金が遅れることもしばしばあるという。

……このまま若枝家が沈んでしまったら、自分は一体どうなるのだろう。

最近のひなは、そんな暗い先行きの心配をするようになった。

今年で、もう十九歳になる。

借金のかたに身売りに出されてもおかしくない年齢だ。

吉原《よしわら》では同じ年頃で花魁《おいらん》になる者もいる……そんな話を義母に聞かされたのは、先日のこと。脅しのような嫌味が混ぜられてはいたものの、それでもただの世間話、気にする必要などないとひなは思ったのだが……。

（……まさか、ね）

不意に過《よぎ》った懸念を、ひなは掻《か》き消そうとした。

だが、不安は拭えない。

一歩一歩先に進むたびに、息が苦しくなる。心臓の辺りが冷たくなっていく気がした。

やがてたどり着いた畳の間に、ひなは喜巳のあとに付き従って恐る恐る入る。

奥で、義母が待ち構えていた。

ひなたちに気づいた義母は、吸っていたキセルを気だるげに口元から離す。煙が、蠢《うごめ》く蛇のようにたなびいていた。

「呼んできてくれてありがとう、喜巳……さて、ひな。そこへお座りなさい」

「し、失礼いたします」

着座を許されたひなは、おずおずとキセルの先で示された場所に腰を下ろした。

正座にて、背筋を伸ばして話を待つ。

義母はキセルを傍らの卓上に置いてから、血のように赤い紅を引いた口を開いた。

「ひな。今日はとっておきの話があります」

「とっておきの話、ですか……？」

「ええ。あなたも、もう十八——いや十九だったかしら——どちらにせよ、よい年頃でしょう。この屋敷で使用人を続けるというのも、夢のない話だと思うのよね」

先ほど掻き消したはずの懸念が、再びひなの心の浅瀬に浮かび上がってくる。

義母が、自分の夢やら将来やらの心配をすることなど、あり得ない。それが身に沁みて分かっているひなは、緊張しながら、続く言葉を待った。

「そこで、あなたに縁談があります」

「…………え？」

ひなは目を瞬《しばたた》いた。

義母の言葉が一瞬、理解できなかったからだ。

「わ……私に……で、ございますか？」

「何度も言わせないでちょうだい」

「も、申し訳ございません……っ」

苛立《いらだ》ちを露《あら》わに語気を強めた義母に、ひなは慌てて額《ぬか》ずき謝罪した。

義母は、淑《しと》やかな口調とは裏腹に、激しい気性の持ち主である。

激昂《げっこう》するのは一瞬で、普段ならここでキセルの灰を落とした筒など、手元にあったものを投げつけられていることだろう。

しかし、今日の義母は喜巳と同じだった。

この話がよほど大事なのか、ひなへの憤りは流すことにしたらしい。

「急で驚いたでしょうが、悪い話ではありませんよ。むしろ、あなたには勿体《もったい》ない縁談です」

そう義母は改めて切り出し、詳細を説明する。

「相手は、名のある士族の御子息で、ご自身も海軍の大佐と、将来有望な御方だそうよ。あちらの遠戚筋が仲人として、年頃の令嬢を探していらっしゃってね。それで、生前の鴻之助さんとご親交があったものだから、うちに年頃の娘がいたことを思い出したらしくて、わざわざご連絡をくださったのです」

「その娘というのは……私で合っておりますか？」

何度も訊くなと叱られることを覚悟で、ひなは尋ねた。

本当に、自分には勿体ないお相手だと疑問に思ったからだ。

そんなにも立派な御方との縁談が、なぜ自分に来たのか、と。年頃の令嬢なら、自分ではなく義妹のほうが相応《ふさわ》しいのではないだろうか、と……。

「元々は私に来た縁談よ」

ひなの疑問に答えたのは喜巳だった。義母の隣に座って、ふふん、と笑う。

母娘が並ぶと、よく似ているのが分かる。四十路と十代という違いはあるが、二人ともどこか妖艶な美しさを持っていた。

そして義母の連れ子である喜巳には、父・鴻之助の面影はどこにもない。鼻や唇の形など、鏡の中のひなには探せば簡単に見つかるものが、当然だが喜巳の顔立ちにはことごとく存在しなかった。

「……その喜巳様への縁談が、どうして私に？」

「相応しくなかったからよ。この私にね」

喜巳は大胆にもそう言い放った。

軍人の中でも、大佐という階級は現場における最高位だ。

さらに、先の海戦で海軍はかなりの功績を上げた。それゆえ給料も、今は陸軍の倍は貰えているそうだ。

家柄こそ華族ではない士族のようだが、結婚する上では決して悪い条件の相手ではない。

（むしろ引く手あまたの状態になっていてもおかしくないお相手なのに……？）

口にこそしないものの、義妹の言葉にひなは困惑する。

その様子を前に、喜巳は愉快そうな笑みを浮かべて説明した。

「お相手の方は、今年で四十六歳になられるそうよ。お母様より年上だし、もういい年のおじさんでしょう？　うら若き乙女の私が、むさ苦しいおじさんに嫁ぐなんて考えられないわ。それに将来有望って言ったって、お義父《とう》様が亡くなったのが五十歳だし、ご年齢を考えれば残りの寿命だって……私、いくらお偉い方とは言っても、ご老人のお世話なんてやりたくないわ」

相手に対しての失礼な物言いに、ひなの表情が自ずと曇る。

それを喜巳は義姉が落胆したと捉えたのだろう。わざとらしく憐《あわ》れむような顔で、しかし念を押すように言う。

「でも、ひなには勿体ない相手なのは本当でしょう？　ねえ、お母様」

「ええ。喜巳にはもっと若くて将来性のある相手を見繕うわ。でも、こんなにいい縁談を断るなんて罰が当たってしまうでしょう？　それに、婚約が成立すれば結納金もすぐにいただけるということだし……お断りするのも野暮というものじゃないの」

（ああ、そうか。結納金が目当てで、私をお相手に嫁がせたいのね……）

義母の思惑を理解して、ひなは落胆する。

義母と義妹にとって大事なのは、結婚によって手に入るお金。ひなの嫁ぐ相手がどんな人かなど、二人には関係がないのだ。

だが、それが分かったところでこの縁談、ひなには断れるはずもなかった。

もし断れば、懸念していたとおり、よくて吉原、悪ければ国外に売り飛ばされてしまうことだろう。最近では、海外を相手にした女衒《ぜげん》屋も少なくないという。

「そういうわけで、ひな。あちらのお宅へ向かう準備をなさい。できるだけ早く……いいわね？」

「……承知いたしました」

話は終わりだとばかりに冷たく言い結ぶ義母に、ひなは頭を下げて応じた。

顔を上げると、傍らの喜巳がにやりと笑った。

ひなの意思の自由を奪う、どこか纏《まと》わりつくような笑み。それを顔に浮かべたまま、義妹はひなを見下ろして言った。

「結婚おめでとう。本当によかった」

祝福の言葉などではない。義妹が自分を寿《ことほ》ぐわけがない。

それは、ひなも理解していた。

結納金を欲している義母のために、この家から出ていかなければならない。

華族の結婚は家同士のものとはいえ、ひなの場合は実質、身売りのようなものだ。もし断ったりすれば、どのみちこの屋敷からは追い出されることだろう。

義妹の口にした「よかった」は、義姉を体よく追い出せることへの感想でしかないのだ。

下がっていいと義母から許可されたひなは、無言で畳の間をあとにする。静かに襖《ふすま》を閉めると、重苦しさを振り払い、何とか立ち上がった。

そうして背を向け、そこから立ち去ろうとした時だ。

「ああ、これで清々するわねお母様」

襖の向こうから、喜巳の楽しそうな声が聞こえてきた。

それに返す義母の声も、明らかに機嫌がいい。

「そうね。正直、見ているだけで気分が悪かったのよね、あの顔。親にそっくりで」

「私、あれがいてよかったって思えたの初めてよ。二十以上も年上のおじさんと結婚だなんて、絶対に嫌だもの。将来性なんて言っても年齢が年齢だし、『将来』なんてあってないようなものじゃない。軍人なんてすぐ死んじゃうかもしれないし、早々に未亡人になんてなりたくないわ。私の代わりがいて、本当によかった」

「あちらのお宅にも感謝しないといけないわね。お金をいただいた上で厄介払いさせてもらえるなんて、ありがたいったらないわ」

くすくす、と母娘の笑い合う声を背に、ひなはその場を後にした。

怒りや悲しみは、もはやない。

義母や喜巳を憎む気持ちは、とうに枯れ果ててしまっていた。

かつては嫌悪し恨んだが、自分が苦しいだけで、結局のところ何も変わらなかった。だから、そういう感情をひなは努めて手放した。

それでも、未だ手放せない感情はある。

（この屋敷を出たら、もう戻ることも許されないのでしょうね……）

住み慣れた屋敷の庭を歩きながら、ひなは寂しさを噛《か》みしめた。

家族のようなウメたち使用人のみんなとも会えなくなってしまう。それが何よりも寂しく、悲しく……そして、悔しかった。そのやるせない気持ちだけは、今でもずっと手放せずにいる。

どうにもできない。抗《あらが》うための力を何も持っていない。

（……一体、私はどうすればよかったのかしら）

無力感を抱えたまま、ひなは空を仰ぐ。

白鷺《しらさぎ》が一羽、天高く飛んでいた。

まるで帆船が海面を滑るように、広げられた白い翼が青空を横切ってゆく。
（私も、どこかに飛んでいけたら……）
そう思えど、夢想でしかない。
飛び立つ勇気もない弱い自分のことが、ひなは恨めしかった。

◆◇◆

縁談を受けて、たった一日の後。
ひなは涙を堪えながら、号泣するウメたちに別れを告げ、嫁ぎ先へと向かった。
『どうか、どうか、幸せになってくださいませ』
使用人たちは、口々にそう言ってくれた。
それを思い出しながら、東京の街中を一人で行くひなは心を奮い立たせる。
（くよくよしながら伺っては、お相手にも失礼だもの。しっかりしなくては……）
ひなは、義母から渡された地図を懐から取り出し、確かめる。
縁談の相手の名前は、汐見《しおみ》鷲一郎《しゅういちろう》というらしい。
その住まいは、帝都・山の手の中でも、官吏や軍人が多く住む区画にあるという。

ひなの実家も華族の屋敷で、一般的な町人の家よりは立派だったが、この地図が示す区画に並ぶ邸宅は別格だ。さすがにひなも気後れしてしまう。

（……お会いして、やっぱり違う、と追い返されたらどうしよう）

かつて練兵場の軍用道路でもあった大きな通りに、路面電車が走っていく。それを横目に、ひなは相手方の家を目指した。

父や母の形見は、すでに義母に売り払われている。当然、嫁入り道具などもない。ほとんど荷物もなく、路銀も与えられず、ひなは一人で家を出ることになった。

心細いひなに力を与えてくれたのは、ウメがくれた着物だ。

昔ひなの母が譲ってくれたという着物を、ウメは大事に保管していた。

いつかひなが必要になった時のためにと、ウメはこの着物を自分で着たりすることは一切なかったらしい。清楚で控えめな色柄だが上質な着物は、賑《にぎ》やかな通りを恐る恐る歩くひなを守ってくれるようだった。

義母から渡された地図を頼りに、人の往来が多い表通りを曲がって進む。

途端に、静けさが増した。

近くに大きな寺院があり、その裏手に広大な霊園が広がっているせいだろうか。

表通りの喧騒《けんそう》に代わってささやかな鳥の声や、笹の葉が風にさらさらと流れる涼やかな音が満ちている。

耳に心地よさを覚えながら、やがてひなは目的の家にたどり着いた。

(地図では、ここのはずだけど……)

門の前に立ち、ひなは目をぱちくりさせた。

周辺の西洋建築の館と比べて、随分こぢんまりとした平屋だった。

華族の邸宅にしてはさほど大きくないひなの実家・若枝邸のほうが大きい。海軍大佐の自宅にしては、少し手狭な感じもする。

しかし、どこか凛《りん》とした佇《たたず》まいの家だ。

近所の寺院の影響か、清澄な空気が漂っている。

決して嫌な感じがしたというわけではない。

ひなは元々、お寺の空気感が好きだった。幼い頃から母や父のお墓参りにお寺へ行くことが多かったせいか、どこか両親を感じられて安心できたからだ。

家も、実は大きくないほうがありがたかった。

こぢんまりとした書庫の中で、縮こまって眠る生活を長年続けてきたからだろう。大きなお屋敷を想像して抱いていた緊張も、笹の葉を揺らすそよ風に乗って、ふわりと飛んでいってしまったようだ。先ほどよりも心が軽くなっている。

(とはいえ、表札がないし……本当にここで合っているのかしら?)

玄関から声をかけようか、誰か通行人に確かめようか。

ひなが迷っていたその時だ。

「あいたたた」

門の中から、男の悲鳴が聞こえてきた。

ひなはびっくりして、門の中を覗《のぞ》き込んだ。

庭先で一人、男が蹲《うずくま》っていた。

「だ、大丈夫ですか!?」

苦しそうな呻《うめ》き声を噛み殺していた男に、ひなは慌てて声をかけた。

気づいた男が顔を上げる。

日に焼けた顔に、切れ長の一重の目。スッと通った鼻筋。

壮年期は過ぎているようだが、しかし老年と呼ぶのは些《いささ》か躊躇《ためら》われる、落ち着いた年頃の男だった。髪や髭《ひげ》は小ざっぱりと整えられていて、理知的な品のよさがある。それに加えて、表情には厳格さのようなものが刻まれていて妙な迫力もあった。

目が合った瞬間、ひなは思わず緊張してしまう。

だが、勇気を出して恐る恐る尋ねた。

「あ、あの、門の外で悲鳴が聞こえたもので……どこかお怪我《けが》でも？」

「ああ、すみません、驚かせてしまいましたね。大丈夫ですよ。手を骨折しているのをうっかり忘れて、少々、無茶をしてしまったものですから」

穏やかな口調で男が言った。

見れば、縁側に布団が一式積んである。

どうやら男は、それを家の中に運び入れようとしていたらしい。

しかし、片腕を骨折していることで難儀していたようだ。先ほどの悲鳴は、折れたほうの腕に負担がかかったのかもしれない。

そう思ったひなは、わずかに考えたあと男に申し出た。

「あの……骨折しているのでしたら、布団を運ぶのは危ないです。私でよければ手伝いましょうか？」

「いやいや、女性に重たいものを持たせるわけには……それに、注意すれば片腕でも大丈夫ですよ」

ひやひやして思わず提案したひなに、男はふっと微笑《ほほえ》んだ。

途端に、厳格に見えた雰囲気が柔らかくなる。

立ち上がった男は、背が高かった。

亡き父よりも頭ひとつは高い。白いシャツの上からでも分かる引き締まった身体をしていて、捲《まく》った袖口から覗く日に焼けた腕も力強い。常時であれば、布団運びなど容易《たやす》いことだろう。

しかし、今は左腕が首から下げた三角巾で吊られている。

それを見て、ひなはお節介だとは思えど、引き下がることができなかった。

「いいえ。もし変なぶつけ方をしたら、治療が長引いてしまいます。私でよければ手伝わせてください」

心配するひなの様子に、男はわずかに考えたあと、一つ頷《うなず》いた。

「……ふむ。あなたの言うとおりだ。では、お言葉に甘えてもよろしいでしょうか」

「ええ、もちろんです。では、お邪魔しますね」

門の中に入る許可を得て、ひなは男の元へと駆け寄った。

布団くらいの重さの荷運びは、実家での使用人生活で慣れている。ひなは持ち歩いていた襷《たすき》を取り出し、それをサッとかけると、縁側に積まれていた布団を手際よく抱えて、男の指示どおりに家の奥の床の間の押し入れへと運び入れた。

「驚きました。見た目に似合わぬ力をお持ちなのですね」

床の間の押し入れの前で、男が感心したように言った。

それから、折り目正しくひなに頭を下げる。

「ありがとうございました。とても助かりました」

「いえ、お役に立ててよかったです」

そこまで言って、ひなはかけていた襷を外そうとした。

と、その時。

押し入れに入れた布団が、ぐらりと傾《かし》いだ。

急いで積み入れたため、不安定になっていたらしい。

襷に手を絡めていたひなは、とっさに動けず布団の下敷きになろうとしていた。

だが、すっ、とひなを庇うように男が動いた。

「おっと」

ひなと押し入れの間に身体をねじ込んだ男は、その背と動かせる右腕とで、落下しかけた布団を押し入れに留めた。

触れられるほどの至近距離だ。

男はやはり背が高く、顔は見上げる形になってしまう。

ひなは、思わず傍らの男に見惚《みと》れていた。

突然のことだったからだろうか、心臓がどきどきしている――。

「よかった。間に合いましたな」

にこりと微笑まれて、ひなは我に返った。

男が留めている崩れかけの布団を、慌てて両手を突き出して、押し入れの中に押し込む。

「は、半端な状態で申し訳ありませんでした！　あの、お怪我は……」

「大丈夫ですよ。今のは気になさらずに。なにせ布団を持ち上げるほうが、この腕には難儀なことでしたからね」

穏やかなままの男の返答に、ひなはホッと胸を撫で下ろした。

同時に反省する。親切のつもりで、逆に迷惑をかけてしまうところだった……。

落胆を隠せないひなの様子を男はじっと眺めていた。だが、そこで思い出したようにひなに尋ねた。

「あの。あなたの親切に御礼をさせていただきたいのですが、先ほどはどこかへ向かわれていたご様子。何かご予定がおありだったのではありませんか？」

「あ……ええ。実は、汐見鷲一郎という方のお宅を探しておりまして。地図では、こちらのお宅のようでしたが」

「汐見鷲一郎は、私ですが」

「えっ？」

返ってきた答えに、ひなは思わず頓狂《とんきょう》な声を上げた。

改めて男をまじまじと見る。

日焼けした肌に、立派な体格。厳格な迫力に、知性を感じさせる品のよさ。

――確かに海軍の将校と言われて違和感がない。

同時に、疑問が湧く。喜巳が言っていた言葉を思い出したからだ。

(今年で四十六歳……もういい年の……むさ苦しいおじさん?)

どこがだろう? とひなは困惑した。

確かに、若者とは言い難い。

青年と呼ぶには青臭さがなく、落ち着いた大人の余裕に満ちている。日焼けのせいで目を凝らさねば分からないが、よく見れば目元には小さな皺《しわ》が、頭髪には白いものが交じっていた。

しかし、品がよく清潔感の漂うその姿は、むさ苦しいおじさんとは程遠い。

年が下だという若枝家の義母と比べても、しっかりとした生命力に溢《あふ》れているように見える。むしろ、いぶし銀のような渋さがあって格好がいいと、ひなは感じていた。

(こんな素敵な殿方が、まさか……私の旦那様に?)

何かの間違いではないだろうか。

呆然《ぼうぜん》と見つめているひなに、男——鷲一郎は不思議そうな顔になる。

「それで、私に何か御用でしたか？」

「ええと……その…………私、ご縁談をいただきました、若枝ひなと申します」

「えっ。あなたが？」

今度は鷲一郎が驚いたように声を上げた。

思ってもいなかった相手だというように、彼はひなをまじまじと見て、切れ長な目をぱちくりさせる。

その様子に、ひなは思わず緊張した。

顔が、身体が、無意識に強張る。

(やはり、私ではダメだったのではないかしら……)

もしかしたら、義妹の喜巳を望んでいたのかもしれない。

いや、それが当たり前だ。

(……一体、誰が私のほうを望むというの)

押し込めてきたはずのそんな考えが、ひなの心の奥から浮かび上がってくる。

姉妹の二人を並べれば、地味な自分ではなく、華やかな義妹が選ばれる。美しい孔雀《くじゃく》の雄が尾羽を広げているというのに、一体、誰が傍らの地味な野鳥に目をくれるだろう。

そんな風に、品定めされていると思い緊張していたひなに気づいたのだろう。鷲一郎は慌てて視線を伏せた。

「すみません。じろじろと無礼な真似を」

「い、いいえ、お構いなく」

「随分とお若くて可愛らしいお嬢さんだったので、驚いてしまったのです。まさか、自分の縁談のお相手だとは」

(若くて……可愛らしい？　私のこと？)

言われた言葉をひなが認識するまで、わずかばかり間があった。

だが、理解した瞬間、顔が火照《ほて》る。

たった一言ではあるが、身内はともかく、見ず知らずの男性からかけられたことのない言葉だったからだ。『可愛らしい』はいつも喜巳が貰う言葉だった。

「我が家までご足労いただいてしまい、本当に申し訳ありません。ご連絡をいただき次第、私の方からお迎えに伺うつもりでいたのですが、ここまで遠かったのではありませんか？　それに車なども見当たりませんでしたが……まさか、お一人で？」

「ええ。一人で参りました」

「なんと。道中、大変ではありませんでしたか」

「問題ありませんでした。お心遣い、感謝いたします」

鷺一郎に答えながら、ひなは内心で申し訳なく思っていた。

きっと義母は、縁談を断られぬように、鷺一郎が若枝邸に来る前にひなを送りつけたのだろう。喜巳を見て、妹の方がいいと言われることも避けたかったに違いない。

「ひとまず、奥へどうぞ。お茶を用意しましょう」

鷺一郎に促され、ひなはあとに続いた。

廊下は、石でもなく絨毯《じゅうたん》が敷かれているわけでもない板張りの床で、よく磨かれているからか、水面のように日差しを照り返している。風通しもよく、息苦しさも感じない。それどころか、知らない場所なのにどこか懐かしい温《ぬく》もりすら感じる。

(居心地のいいお家……)

張り詰めていた気持ちが和らいでゆくような不思議な心地で、ひなは居間に用意された座布団の上に腰を下ろした。

少し待っていると、鷺一郎が茶器を持って戻って来た。

彼は慣れた手つきで茶を淹《い》れて、「どうぞ」とひなの前に置く。

淹茶《えんちゃ》は、一般家庭で飲むには、未だ高価で馴染《なじ》みの浅いものだ。それをさらりと出してしまえるあたりに、鷺一郎の文化的な生活ぶりが見て取れる。

「その……女性に尋ねるのは失礼とは存じますが、ご年齢をお伺いしても？」

迷った末にという様子で、鷲一郎が言った。

「今年で十九になります」

「十九……!?」

ひなの答えに仰天したのか、鷲一郎の口から大きな声が飛び出る。

軍人らしい彼の大きな声を浴びて、ひなはびっくりしたまま固まった。

その硬直したひなに気づき、鷲一郎は慌てて謝罪した。

「大声を出して申し訳ありません……あの。私の年齢はご存じなのですか？」

「はい。今年で四十六と伺っております」

「それならよかった……実は、恥ずかしながら仲人から薦められるままに縁談を進めてしまったもので、あなたのようにお若い方がいらっしゃるとはつゆとも思わずでしてね。驚いてしまいました」

「ああ、なるほど。見合い写真のご用意をしなかったもので、よいのだろうか、と私も疑問に思っていたのです」

「この怪我をしたあと急に湧いた縁談だったのですが、自分の写真を用意する前に話がまとまってしまったもので……こちらがお渡ししないのに、そちらから写真をいただくのもどうかと思い、断ったのですよ」

「そういうことだったのですね」

なんと真面目な人なのだろう、とひなは感心する。

だからこそ、自分も誠実に向き合わねばと思った。

「……あの、鷺一郎様」

「様など付けなくてよいですよ。年の功はあれど、そんなに大した人間じゃありませんから。私もひなさんと呼ばせていただきます」

「では…………鷺一郎さん」

「はい。何でしょう、ひなさん」

「お写真もなかったわけですし、私たちは今日お会いするのが初めてです。ですから、今からでも遅くはありません。もし、鷺一郎さんが私にガッカリされたのでしたら――」

「ガッカリなど、とんでもない」

鷺一郎は真剣な目でひなを見つめながら言った。

それから、少し困ったように眉尻を下げる。

「私はむしろ、ひなさんがガッカリされたのではないかと思ったのですよ」

「え？」

「あなたはまだお若い。なのに縁談の相手がこんなおじさんでは、嫌だったのではありませんか？　無理にお越しになったのでしたら、それこそ今からでも遅くありません」

その言葉に、ひなは面食らった。

嫌だなんて思うわけがない。

ひな自身は、鷲一郎のことを自分にはもったいない相手だと思っていた。だから、彼が自分と同じような懸念を抱いていたなど、思ってもみなかったのである。

「い――いいえっ！」

ひなは思わず声を上げて否定した。

「鷲一郎さんのご年齢は事前に伺っておりましたし、年の差も覚悟の上で参りました。むしろ、あまりに素敵な方だったので、私のような小娘がお相手でよかったのかなと思ったくらいで……」

「小娘だなんて。ひなさんこそ、私にはもったいないくらいですよ」

鷲一郎が慌てたように言った。

いえそんな、とひなが答えれば、いやいやそんな、と鷲一郎が返す。

卓を挟んでそんなやり取りをした二人は、どちらからともなく黙ると、互いに見合った。

ひなは、改めて鷲一郎を見た。

海軍大佐という肩書きに加え二十以上も年上ということで、もっとずっと怖くて厳しい人だろうと考えていた。

しかし、いま目の前にいる男性は、肩書きと年齢相応の威厳や落ち着きはあれど、寛裕で温厚な紳士に見える。

（この方となら、もしかしたら……）

……夫婦になれるかもしれない。

そうひなの心が緩んだのを知ってか知らずか、鷺一郎がはにかむように微笑んだ。

「私の元に来てくださって、ありがとうございます。これからよろしくお願いします」

「こ、こちらこそ――」

彼の言葉にひなが応じようとしたその時、玄関の戸が開く音がした。

それから程なくして、一人の老婆が二人の元に顔を出した。

「おや。鷺一郎、お客さんなの？　いらっしゃいませ」

ひなの顔を見て、老婆はニコニコと微笑んだ。

品がよく人当たりのよいその優しい笑みに、会釈をしながら、ひなも釣られて頬が緩む。

と、鷺一郎がひなに老婆を紹介してくれた。

「同居している、母のタカ子です。母さん、こちらは若枝ひなさん。縁談のお相手だよ」

「えっ……あらまあ！」

タカ子は、ひなを見て目を丸くした。

鷲一郎の母との対面に、ひなは座礼で深々と頭を下げて挨拶をする。

タカ子に対して先ほどと同じく自己紹介をしながら、ひなは内心では再び緊張していた。

鷲一郎は快く受け入れてくれたが、その母親が同じだとは限らない。義母や義妹から実家で虐《しいた》げられた記憶も、ひなの心を怯《おび》えさせた。

そんなひなの心境を知ってか知らずか。

「よく来てくださいました。薹《とう》が立った息子ですが、どうぞよろしくお願いいたします」

タカ子はそう言うなり、ひなに向かって深々と頭を下げた。

ひなは驚きに固まった。

縁談相手にもその母にも、このような丁寧な歓迎をされるとは、これっぽっちも思っていなかったからだ。

「め、滅相もございません。こちらこそ、不束者《ふつつかもの》ですが、よろしくお願いいたします
……！」

すぐに我に返ったひなは、慌てて鷲一郎とタカ子の二人に改めて挨拶をした。

こうしてひなは、二十以上も年上の軍人・鷲一郎とその母・タカ子と共に、この汐見の家で暮らし始めるのだった。

実家を出る頃には想像だにしなかった、温かな歓迎に戸惑いながら……。

第二章　新しい家、新しい家族

汐見家にやって来たその日のうちから、ひなはさっそく家事を受け持たせてもらうことにした。

「来たばかりなのだし、ゆっくりしていても」

「そうそう。疲れているでしょうし、無理しなくてもいいんですよ」

鷲一郎もタカ子も、揃ってそう気遣うように言ってくれた。

だが、ひな自らやらせて欲しいと請け負ったのだ。

お客様扱いをされることは性に合っていない。仕事をしている方が安心する……そういう風に、この十年育ってきた。

実家では働いていないと、すぐに義母や義妹に叱られたからだ。

何よりひなの中で、汐見家の嫁として何かお役に立たねば、という意識が強かった。鷲一郎のような立派な人が自分の旦那様になる……妻の座に胡坐《あぐら》を搔くような真似は許されないと、ひなは考えていたのである。

自分に令嬢らしさはない。

家柄も、実家を頼れぬ身である以上、あってないようなものだ。

華族令嬢としての価値が、何一つ見当たらないのである。ならば、他の部分で役に立たねば……そう考えて、真っ先に思いついたのが家事だった。

家のことは鷲一郎も手伝ってはいるが、基本的には夕カ子がやっているのだという。

その仕事をできるだけ早く引き継げれば、とひなは考えた。

そうすれば、嫁として役に立つことができるかもしれない。義母や義妹に罵《ののし》られたのと同じように「役立たず」と言われずに済むかもしれない……そう思ったのだ。

もう、実家には帰れない。

ここにしか居場所はないのだ。ならば……。

(……追い出されないように頑張らなくては)

自身の置かれた状況を憂いながら、ひなは家の間取りやどこに何があるかなどを大まかに聞いたあと、夕食を作る夕カ子の手伝いから始めることにした。

タカ子は、ひなが台所に立つことを歓迎してくれた。

元々身体は頑強だったそうだが、最近は寄る年波のせいか普段の家事でも疲れることが増えたのだそうだ。そのため、今後ひなが家事を請け負っていくという提案自体は、タカ子も喜んでくれた。

「まあまあ。ひなさんは手際がいいですねえ」

台所に立つひなの様子を見て、タカ子が驚いたように言った。

「あ、ありがとうございます……」

菜切り包丁を握っていたひなは、まな板に載せた葱《ねぎ》を刻みながら答える。

着物の上には、タカ子が貸してくれた割烹着《かっぽうぎ》を身に着けていた。この割烹着というものは、女性が和服のまま調理しやすいようにと、良家の子女が通うお料理学校・割烹教場にて考案されたものらしい。

実家で叱られてばかりだったひなは、褒められることに慣れていない。

そのため、喜びと照れから、竈の前でもないのに頰がほんのり熱くなった。しかし、

「まだ若いのに。きっと、お母様のご教育がよかったんでしょう」

そう感心したタカ子の言葉に、思わずひなの手が止まった。

あの義母が評価されている……その状況をすんなりと肯定できなかったのだ。

しかし、ひなはすぐに元のように手を動かした。たん、と大根を断ち切り、否定しても仕方がないことだと気持ちを切り替える。

「……よく、台所で手伝いをしておりましたもので」

ひなは何事もなかったように答えた。

嘘ではない。

台所でウメの手伝いをしていたのは、本当のこと。

毎朝、毎晩、食事を作るために一緒に台所に立った。暑さに茹《う》だる夏の日も、凍《い》てつくような冬の日も、毎日欠かさずそうしてきた。

それが、当たり前のことだったから……。

「そうだったの。えらいわねえ」

タカ子がしみじみと言った。心から感心しているというように。

その瞬間、突然ひなの目が熱くなった。

じわり、と視界が涙で滲《にじ》む。

（え？　私、なんで急に……？）

泣きそうになっている。

その理由がなぜなのか、自分のことなのに理解できず、ひなは困惑した。

慌てて包丁をまな板の上に置くと、腕を目元に手を押し当てて、零《こぼ》れそうになる涙を掬《すく》い上げる。

「ひなさん……？　どうしたの、大丈夫？」

「も、申し訳ありません。ちょっと刻んだ葱が目に沁みたのかもしれません」

「そう？　それならいいのだけど……無理はしないでくださいね？」

「はい。申し訳ありません」

ぐす、と洟《はな》をすすって、ひなはタカ子に頭を下げる。

謝罪を重ねるひなに、タカ子は心配そうな眼差《まなざ》しを向けていた。だが、やがて穏やかに微笑み、優しく語りかけ始めた。

「ひなさん。そんなに謝ることはありませんよ。悪いことはしていないんだもの。ねえ？」

「は、はい。すみませ――」

言いかけて、ひなはその言葉を飲み込む。

謝罪が癖になってしまっているのだと、その時に気づいた。

今言うべき言葉、伝えるべき気持ちは、口にしかけたそれではない。

「――ありがとうございます」

「ええ。さて……じゃあ、我が家の味付けを教えますね」

そう話を切り替えて、タカ子はひなに汐見家の味付けを教えてくれた。

料理を始める前、「同じでなくともいいのですよ」と言うタカ子に、ひなのほうから「教えて頂けませんか」と頼んだのだ。

タカ子が教えてくれた味付けは、ひなの実家よりも少し濃いめでハッキリとしていた。使っている食材も多い。

何より野菜が何種類も、ふんだんに使われている。

聞けば、鷲一郎が陸にいる間は、毎朝のように買い出しに出かけているのだという。

「海兵は海に出たら、新鮮な野菜は食べられません。ですから、陸にいる間は、その分たくさん食べさせてあげたいと思って」

「なるほど……船上では〝脚気《かっけ》〟の心配もあると聞きますし、理に適《かな》ってもおりますね」

ふむふむ、と納得して聞いていたひなの言葉に、タカ子が「あら」と感心した。

「ひなさん、脚気対策に野菜を食べたほうがいいことを知っているのね？」

「え？　ええ……」

「栄養について詳しいのですね。そう言えば、お父様はお医者様でしたか」

「はい。ですが私は詳しいというほどではなく……父が存命の頃は、よく話を聞いていましたので、その時に海軍では脚気が流行《はや》っているという話も聞きました。今は当時よりも対策がされるようになってきたとか」

子どもの頃のひなは、何事にも好奇心旺盛だった。

その好奇心に、いつも応えてくれていたのが父だ。

町医者だった父は、医学や薬学の知識に長《た》けているだけでなく、博識だった。

それこそ、父の知らない森羅万象などないのではと思えるほどに。

ひなは、論文や文献、新聞などを読む父の姿を書斎でよく見たが、常に新しい知識を得ようとしていたのだろう。ひなの好奇心は父譲りだと、よくウメたちに言われたものだ。

「お父様の知識を継いでいるのですね。頼もしいわ」

先ほどまでより饒舌《じょうぜつ》に話すひなの様子に、タカ子は気づいたらしい。

父娘間の仲の良さを微笑ましく思ったようで、穏やかに目を細めている。

「い、いえ、そんな……父が亡くなったのだって十年も前のことですし、お役に立てるほどの知識はないかと」

「三つ子の魂百まで、と言います。お父さまが教えてくださった物の見方や考え方は、お父さまが亡くなったあとも、きっとあなたを育ててきたはずですよ」

にこり、とタカ子が笑った。

その笑顔に、ひなは喉元まで出かかった言葉を飲み込む。

謙遜も、し過ぎれば卑屈になってしまうだろう。

こう考えるのも、きっと父の影響だ。ひなは曖昧に頷いて、不慣れながらタカ子の好意的な言葉を受け止めた。

「ああ。あと、これは鷲一郎の話ですが、陸では和食が食べたいと言っていましたね」

「陸では……ということは、海では違うのでしょうか？」

「士官は洋食が多いらしいんですよ。なんでも、海外の要人の相手をする時があって、あちらの味に舌を慣らしているんだとか。今は怪我もあって陸上での勤務なのですが、船に乗っている時は主食もパンが増えるからって、海から帰ってきた時は白米をたらふく食いたいとよく言っていました」

「なるほど、そのような理由がおありなのですね」

「お国が違えば、料理も馴染みのない味のものばかり。他国相手の会食などで困らぬよう、食事の時間はテーブルマナーの練習にもなっているそうです」

「食事のお時間まで、ご研鑽《けんさん》に励まれているのですね……」

タカ子の話に、ひなは神妙な顔で頷く。

同じ船に乗っていて同じ軍人であっても、士官とそれより下の階級とでは食事の内容が変わる……そのような話は、ひなも何となく知っていた。偉い人だから内容が豪華になると思っていたのだが。

しかし、実際はそうではなく、他国要人の饗応《きようおう》など、課せられた仕事や責任に合わせた食事になっているらしい。

「船内でもいいものを食べさせていただいているのには違いないのでしょう。でも、むしろ士官より下のほうが好きなように食べられる、なんて言っていましたね」

「そうなのですか？」

「士官より下の軍人の場合、白米は決まったぶんを食べさせてもらえるけれど、おかずは支給された食費を使って自分で選ぶんですって。もちろん食費が許す範囲での自由ではあるけれど、献立が決まっている士官からすると、時々羨《うらや》ましくなるんだとか……」

へえ、とひなは興味深く聞いた。

実家の食事では、ウメのおかげでひもじい思いこそしなかったが、ひなが好きな物を自由に食べられたことはない。

様々な料理を作ることができても、作ったそれは義母と義妹のためのもの。そのまま自分の口に入ることはなく、ひなが食べることができたのは二人が残した余り物ばかりだった。

己に力がないから不自由なのだ。

実家での生活で、ひなはそう思っていた。

けれど、階級の高い軍人とて、決して自由ではないらしい。

考えてみれば当然のことといえ、その海軍の食生活事情は、ひなにとって少し意外な事実だった。

「……あの。鷲一郎さんに好物はあるのですか？」

海の上では自由がない。ならば、そのぶん陸では自由であって欲しい。

ふと覚えたそんな気持ちで、ひなは尋ねた。

今後、台所を任せてもらう以上、鷲一郎の食の好みは知っておきたいと思ったのだ。その情報は、食材を買い出しにいく際にも、きっと役に立つ。

しかし、ひなの質問に対し、タカ子は「そうねえ」と困り顔になった。

「うーん……好物らしい好物が思い当たらないのですよねえ。昔から何を出しても残さず平らげるし……思い当たるものはあるんですよ。でも、どれも一押しに欠けるというか……あの子、おふくろの味が好きではないのかもしれないわ」

「えっ。そんなことはないのでは」

「だってねえ……」

そう言って、タカ子はいくつかの料理を教えてくれた。

煮つけ、焼き物、煮物など……どれもバラバラで法則性がない。食材も、肉、魚、野菜、穀類と、満遍なく食べているようだ。

「食事が義務だから食べている、みたいなものなのかもしれません。苦手なものも、あるのかないのか……そもそも鷲一郎は、あまり自分の話をしないんですよ。何が好きだとか、嫌いだとか、そういう話を聞かせてくれたことが、ほとんどなくて」

「え。そうなんですか」

「意外でした？」

「は、はい。何となくですが、普段からお義母様とはよくお話しされているのかと」

「いいえ、いいえ。今日はよく喋っているほうなんですよ。普段は物静かで、何を考えているのかもよく分からないし、表情だってあんなに――」

鷲一郎について、タカ子が楽しそうにひなに話していたその時だ。

「二人とも、何か手伝いましょうか？」

そう言って、話題の当人である鷲一郎が、台所の入り口から顔を覗かせた。

背が高いせいで屈《かが》み込む形になっている。

「結構ですよ。その腕なのですから、無理しないのが一番の手伝いです。それに今日はひなさんがいますから。ねえ、ひなさん？」

「は、はい！　私がおりますので！」

ひなは肩に力を入れながら、タカ子に応じて強く頷いた。

その返答ぶりに鷲一郎は一瞬びっくりしたように目を丸くしたが、すぐに気遣うような微笑みを浮かべた。

「……では、こちらはお任せしましょう。母さん、あまりひなさんに負担をかけないように頼みますよ」

「はいはい、もちろんですよ——ああ、そうだわ鷲一郎」

タカ子は軽くあしらったあと、先のひなからの質問を思い出したらしい。立ち去ろうとする息子を呼び止めた。

「はい。なんです？」

「ひなさんがあなたの好物を知りたいそうです。何が好きなのですか？　母にも見当がつかなくて」

「えっ…………なんでしょうね。あまり考えたことがなく……」

しばらく考えた末、鷲一郎は困惑した顔で答えた。

タカ子が「まあ……」と驚いた顔でひなを見る。

「……困ったわねえ。大味な人間に育ってしまったみたい」

「誰が大味ですか……ひなさん、すみません。今すぐ思いつかないもので、少し考えさせてくれませんか」

「は、はい」

鷲一郎は申し訳なさそうにひなに軽く会釈をして、居間へと戻っていった。

タカ子は、ひなに向き直る。

いたずらっぽく笑うと、老いて小さくなった肩を竦《すく》めてみせた。

「あの子ったらいい年して、お嫁さんが来たからって気張ってるのね。怪我をしているんだから手伝いはいらないって、これまで一切断ってたのに……じっとしていられなかったんでしょうね」

「気張ってらっしゃるのですか？　鷲一郎さんが？」

「ええ。分かりやすくそわそわしていますよ。まったく、珍しいこと」

息子が出ていった台所の入り口を見て、タカ子が口元を綻《ほころ》ばせた。

同時に、目元には無数の皺が濃く刻まれたように寄る。

明るく朗らかなためまだまだ元気に見えるが、息子である鷲一郎の年齢を考えると、タカ子は六十を優に超えているはずだった。近頃の寿命が平均で四十五歳程度であることを考えれば、壮健な女性であろう。

「鷺一郎ったら、もう年齢も年齢だからって、自分は一生結婚とは無縁だって思っていたみたいなんですよ……人生も海と同じで、いい波なんて、いつ来るかも分からないのに」

タカ子のその言葉に、ひなは不意に夢で見るあの海を思い出した。

何度も寄せては返す波は、単調に延々と繰り返しているだけに見えた。

何も変わらず、時間も進んでいない。

そう思ってしまうほど、同じような波が、寄せては引いてを繰り返していた。

だから、ひなは、ずっとあの海にいたいと——あのまま目覚めずに海を眺め続けていたいと、夢から覚めるたびに思ったのだ。

けれど、よくよく思い出せば、父と一緒に行った現実の海は、あの夢の海とは違った。

海の波は、規則的に繰り返しているようで、不規則な律動も混じっている。内包物も異なれば、その形も不定形で、まったく同じ波など存在しない。

——『海の波は、どこかで吹いた風が立てたものなのだよ』

父はそう言っていた。

風が立てた波が、海の中で他の波と混じり合って、うねりを作る。吹く風も合わさる波も異なるのだから、同じ波など限りなく起き得ない。それでも、注意深く見なければ同じに見えてしまう。

しかし時々、明らかに普段と異なる波がやって来る。

その少しだけ強い波に、幼いひなはきゃあきゃあと声を上げて喜んだものだ。

通常と違った波の訪れが楽しかったというだけではない。

波が引いたあとをよくよく見れば、小さな貝殻やきれいな小石など、それまでそこになかったものが転がり込んできていたりするからだ。

人生も海と同じ。ならば。

（……私にとって、今がその波が来た瞬間なのかもしれない）

変わらないと思っていた日常が変化したのだ。

この変化がいい波だったかどうか分かるのは、まだこれからだが……。

「ひなさん。何か困ったことがあったら、いつでもこの義母を頼ってくださいね」

タカ子はそう言って、両手でそっとひなの手を取り、優しく握りしめた。

節くれだったタカ子のその手は、年が近いからか、ウメの手に似ている。ひなは使用人の皆のことを思い出すと同時に、どこかほっとするような気持ちになった。

……きっと、心細かったのだと思う。

受け入れてもらえないのではないかと。

すぐに追い返されてしまうのではないかと。

ひなは、実家を出てから汐見家にやって来るまでの間、ずっと緊張しながら、そんな風に怯え続けていたのだ。

けれど、タカ子の春の日差しのような手の温もりが、まだ冬の最中にあるようなひなの心の奥へと、この時、確かに届いた。

「もし困っておらずとも、何でも気軽に話してくださいな。鷲一郎にもね」

「は……はいっ」

喉元で詰まりそうになる声を、ひなはなんとか絞り出して答えた。

今だって、まだ安心できたわけではない。

血が繋がらないとはいえ父を通して家族になるはずだった義母と義妹によって、事実上、実家から追い出されてしまった身だ。

だというのに、これまで何の関係もなかった赤の他人と、どうして家族になれると手放しで信じ切れるだろう。

優しく接してくれるのも、最初のうちだけではないか。華族令嬢としては何の役にも立たないと分かったあと、父が亡くなったあとの義母のように、態度が豹変するのではないか……そんな疑念が拭いきれない。

それでも。

新たな『義母』の、この優しさを。

自分が家族として受け入れられる家があることを。

今はまだ信じたい……と、ひなはこの時、思ったのだった。

◆◇◆

ひなはタカ子と一緒に夕食を用意したあと、鷲一郎の待つ居間に料理を運んだ。

居間にはちゃぶ台があったので、そこに料理を並べる。

『ちゃぶ台』は遡ること数年、西洋化の一環として、明治の終わり頃から使用を推奨されるようになったばかりの家具だ。都市部では使用する家庭も増えているが、まだまだ珍しい代物である。

その名前の由来は所説あるという。

一説によると西洋料理屋が『ちゃぶ屋』と呼ばれており、それらの店で使われている丸テーブルを和室用に脚を短くして誂《あつら》えたものであるため『ちゃぶ台』という名になったと言われている。

ひなは、ちゃぶ台で食事をとるのが初めてだった。

そもそも、人とテーブルを囲む西洋式の食事をすること自体、経験がない。

実家の若枝家では今でも一人前の食事だけを載せた昔ながらの箱膳を使っていたし、義母と義妹も黒漆で塗られた箱膳でそれぞれ食べることをよしとしていた。実家での家族の距離は、ちゃぶ台を囲めるほど近くはなかったのだ。加えて、使用人たちの間にもちゃぶ台を囲むような文化はなかった。

「ハイカラ、ですね……」

料理を並べたちゃぶ台の上を見回し、ひなは緊張しながら思わず呟いた。

ハイカラなのは、ちゃぶ台だけではない。

料理に使っている器、箸、今し方ご飯をよそって鷲一郎とタカ子に渡した茶碗なども、よくよく見れば質のよさそうなものが使われていた。

ひな自身は使うことを許されなくなり久しいが、父が存命の頃には似たようなものを使っていたため、この食卓に並ぶ食器の価値が何となく分かる。ゆえに、手を滑らせるなどして落とした時のことを考えて、少し恐ろしくなった。

思い返せば価値ある品は、これら食器だけではない。

この家の至るところに、華美ではないが質実剛健という言葉を思わせる、花器や茶器などがさりげなく飾られていた。

「焼物の蒐集《しゅうしゅう》が、実は唯一の趣味でしてね」

どこか照れたように、鷺一郎は手にした茶碗を軽く持ち上げてみせた。

白磁《はくじ》に呉須《ごす》――藍色《あいいろ》の顔料で絵付けされたそれは、南方で作られている有名な焼物だ。

茶碗以外にも皿や小鉢など、いずれも器がよいためか、盛りつけられた料理が一段と華やかになるようだった。

「寄港した先で掘り出し物を見つけては、こうして持ち帰っているのです」

「鷺一郎さんは目利きができるのですね」

「あはは……それが、価値はとんと分かりません。私は気に入ったものを選ぶだけでして、蒐集と言っても日常的に使うものだけ。ですので、数は蒐集家のそれにはまったく及びません。宝の持ち腐れになっては、せっかくの品にも悪いですからね」

好きで集めている品でも、無駄になるなら増やさない。

鷺一郎のその姿勢に、ひなは好感を覚えた。

無駄遣いをしては不要な物を増やしてばかりだった義母と義妹を、苦い思いを抱えながら身近で見てきたからだろう。

「ひなさんには、何かご趣味がおありですか？」

「趣味、ですか……ええと……」

問われて、ひなは考え込んでしまった。

茶道や生花、琴やピアノ、三味線に長唄など……口にすれば喜ばれる、そんな令嬢らしい趣味が、自分には一つもなかったからだ。

ない、というより、できなかった。

父が存命の頃は、琴や生花などを習ってもいたが、父が亡くなったと同時に、義母によってすべて辞めさせられてしまった。それからは、ずっと使用人として仕事仕事の日々。義妹と異なり、女学校に通わせてももらえず、趣味など探す余裕もなかった。

しかし、強いて言えば一つだけある。

「……読書、でしょうか」

「ほう。どのような書を読まれるので？」

「その……流行のものなどではないのです。父の書斎にあった医学書などを、空き時間を見つけては読み耽《ふけ》っておりました」

「医学書を読めるなど大したものです。お詳しいのですか？」

「い、いえ、大して……」

タカ子と同じような質問を向けられて、ひなの言葉は尻すぼみになってしまう。

父の書斎に籠《こも》って、父の遺した書物に没頭して、現実逃避をしていただけ……なのに変に期待させてしまい、申し訳ないという気持ちになっていた。

そんなひなの萎縮した様子を、鷲一郎は心配そうに見守っている。

気を遣わせていることが分かり、ひなはさらに申し訳なさを募らせた。

「あらあら。お見合いのような会話だこと」

無言の合間にそうゆるりと言ったのは、二人の間で話を聞いていたタカ子だった。

ふふっと笑いながら、卓上の料理に箸を伸ばす。

「まあ、お互い初対面なんだもの。緊張もしますよね」

「す、すみません、私――」

「ひなさんだけじゃないのですよ。まったく、いい年なのに」

ごほん、と鷲一郎が咳払いをした。

彼も緊張していたらしい。誤魔化すように眉を寄せたり緩めたりしている。

鷲一郎は、それからひとつ息を吐いて、タカ子と同じく料理に箸を伸ばした。

摘《つ》ままれた煮物が彼の口の中へと運ばれる。そこで狙っていたかのように、タカ子が傍らから声をかけた。

「今日の料理はね。ひなさんが作ってくれたものなんですよ」

「美味《うま》いです。味付けも絶妙で調和が感じられます」

「あ、ありがとうございます……」

食い気味に言われて、ひなは照れた。

箸を運ぶ食事の所作は美しいが、軍人というだけあってか、食欲が落ち着く年齢であるはずの鷲一郎も、その食いっぷりは見事なものだった。苦手なものもなさそうだとタカ子が言っていたが、確かにどの料理もぺろりと平らげてしまう。

その食いっぷりにひなが見惚れているうちに、鷲一郎が茶碗を差し出してきた。

「……すみません。おかわりをいただけますかな」

「も――もちろんですっ」

「ひなさんも、ちゃんと食べてくださいね。この勢いだと、全部一人で食べられてしまうかもしれませんから」

タカ子がいたずらっぽく息子を見て言う。

鷲一郎は幅広の肩を竦めて、小さくため息をついた。

「まったく人聞きが悪い。腹を空かした新兵じゃあるまいし、人の分までとったりしませんよ……ひなさん、大丈夫ですから、ゆっくり召し上がってください」

「は、はい」

おかわりの白米をよそった茶碗を鷲一郎に渡しながら、ひなは頷いた。

それから、自分も食事を進める。

知らない家。知らない人たちと知らないちゃぶ台でとる、知らない味つけの手料理。なのに……。

(……何だか、懐かしいような気がする)

ひながおかわりのご飯をよそった相手は、父が最後だった。

ウメは少食だったし、使用人の食事時間はバラバラだった。義母や義妹も、「顔を見ると気が滅入《めい》る」などと言ってひなには配膳をやらせず、食卓から遠ざけた。

(何だか、家族のような……)

ひなは箸を口元に運びながら、ちらり、と鷲一郎とタカ子を見る。

厚かましい考えだとは思いつつも、二人の間に自分がいることが、不思議と自然なことのように思えた。

緊張で喉を通らないと思っていた料理も、普通に食べることができる。結婚のことであちらの義母に呼び出された日などは、何も口にできなかったというのに。

……ここでなら、生きていけるかもしれない。

不意に覚えたその予感を噛みしめるように、ひなは卓上の料理を味わった。

腹を満たした夕飯の片づけを終えて、しばらく。

夜もとっぷりと更けて、人々が眠りにつく頃合いになっていた。タカ子も、もう就寝すると言って一足先に寝室へと向かったあとだ。

一日中いっぱいいっぱいだったひなは、この一番緊張する瞬間を忘れていた。

（どうしたらいいのかしら……）

事前に寝室だと案内されていた一室、その入り口の襖の前で、ひなは立ち尽くしていた。

ひなは今、浴衣《ゆかた》姿である。タカ子が寝間着にと用意してくれていたものだ。

汐見の家は小さいながらも、まだ近隣では珍しい内風呂を有していた。

そこに、いつの間にか鷲一郎が風呂を沸かしてくれていて、勧められるがままひなも入浴させてもらったのだ。

実家では時々ウメが銭湯に連れ出してくれたが、邸宅にあった風呂の使用は禁じられており、ろくに入浴などできなかった。そのため、ひなにとって内風呂は贅沢なものという認識だった。

だからこそ今、ひなは緊張していた。

（お風呂にも入れていただいたのだもの……となると……）

入浴によって温まった身体が、廊下に揺蕩《たゆた》う夜の空気にすっと冷えていく。

肌寒さを感じながらも、ひなは中に入る勇気が出なかった。

（やっぱり、するのかしら…………初夜）

同衾《どうきん》。夜の営み。男女の交わり……そういった言葉が、今まさにひなの頭の中をぐるぐると巡っていた。

ひなは、男女の婚約についての一連の流れを知らない。

義母には詳しく教えてもらえるわけもなく、頼りのウメの知識は四十年近く前で止まっていた。ひな自身、夫婦には初夜というものがあり、それがどういうものかは薄《う》っすらと知っていたが、それは医学的な書物を読んだ上での知識でしかない。

つまり、それがいつ、どういう流れで行われるのかは知らないままだった。

（でも確か、初夜は結婚したあとのことよね？　婚約しただけではしないはず……でも、もしするのだったら……）

そんな風に、ひながもやもやと考えていた時だった。

「ひなさん？」

背後から聞こえてきた声に、ひなはビクッと硬直する。

そろりと振り返れば、そこに鷲一郎が立っていた。

ひな同様、寝間着の浴衣に着替えているため、食事の際に見た姿と印象が少し違う。風呂上がりだからだろうか、若々しく見える。

「どうしました？」

「あ……ちょっと、ぼーっとしてしまって」

「今日一日、いろいろありましたから、きっとお疲れでしょう。でも、ここは冷えますよ。中に入られては」

「は、はい。そうですね……」

気まずさから目を合わせていられず、ひなは俯《うつむ》きがちに答えた。

……足が重い。

緊張で身体が雁字《がんじ》搦《がら》めにされているようだ。

しかし、不思議そうな顔をした鷲一郎を前に、そのまま襖の前に居座るわけにもいかない。このままでは『拒否』と取られかねない。

ひなは意を決し、寝室の襖を開けて中に入った。

そうして、恐る恐る背後を振り返る。

部屋の襖の外に立っていた鷲一郎は、一歩も動かず、その場でひなに軽く会釈した。

「では。おやすみなさい。また明日」

「えっ」

鷲一郎からかけられた就寝の挨拶に、ひなは反射的に疑問の声を零してしまった。

……しまった。

そう思った時には、すでに立ち去ろうとしていた鷲一郎の足を引き留めていた。

「どうかしましたか？」

「いえ、あの…………………鷲一郎さんは、おやすみにならないのですか？」

「眠りますよ。もちろん」

「でも……どちらで？」

「隣の部屋ですが……あ。私が隣の部屋では、もしかして眠れませんか？　それなら別室で眠りますので、安心してください。母はもう眠ってしまいましたが、明日は私と母とで寝室を交換しましょう。母が隣なら、ひなさんも問題ないでしょうか」

「へっ？　い、いえ、そうではなく……」

言いかけて、ひなは言い淀《よど》む。

鷲一郎はその意図が分からず困惑しているようだったが、急《せ》かすこともなく待ってくれていた。

その姿に、ひなは腹を括《くく》って話すことにした。

ハッキリ伝えずに汲み取ってもらおうというのは、甘えた考えだと思ったからだ。

(鷲一郎さんとは、夫婦になるのだし……お義母様にも、何でも気軽に話すようにと言われたじゃない……)

すう、と息を吸い、ひなは勇気を込めてその言葉を吐き出した。

「しょ、初夜は……いつなのだろうと思ったものでっ……」

「えっ？」

素っ頓狂な声とはこのことだろう。

鷲一郎は、ひなの言葉にそんな声を上げたあと、初めて狼狽《ろうばい》する姿を見せた。

だが、日頃の鍛錬《たんれん》の成果なのだろう。ごほん、と咳払いをしたのち、彼はすぐに落ち着きを取り戻した。

「えー……初夜というのは、新婚夫婦として初めて迎える夜のことかと思いますが。ひなさんはそのことを言っているのでしょうか？」

「は、はい、そうです」

「では、なぜそのことを……？」

「失礼ながら、ほとんど結婚の作法や流れに関する知識も持たずにこちらへ参ったもので、それがいつどのように行われるものなのか、まったく分からなくて……無作法で申し訳ありません」

「謝ることはありませんよ。しかし……なるほど、そういうことか」

鷲一郎は何やら腑に落ちたらしい。

声をかける前から立ち尽くすひなの様子がおかしかったことに気づいてはいたものの、その理由が今の今まで分からなかったのだろう。

「……ひなさん、すみません。何もしないと誓うので、一度、中に入ってもよろしいですか。少し話をさせてください」

「は、はい。どうぞ」

失礼します、と断りを入れて、鷲一郎は室内に足を踏み入れた。

そうして襖を閉めると、ひなに座るように促す。

鷲一郎自身は、ひなを怯えさせないようにという配慮からだろう。心なしか二人の間に物理的な距離を置くように、襖のすぐ前に正座をした。

「さて」

武道家のように姿勢を正し、鷲一郎は切り出した。

ごくり、とひなは固唾《かたず》を呑《の》んで続く言葉を待つ。

「まず最初に。今夜は初夜に当たりません」

淡々と、事実だけを報告する軍人のような口調。

緊張からがちがちに固まっていたひなだったが、彼のその端的な説明に、思わず肩から力が抜けた。

「そ、そう、なのですか……」

「ええ。今しがた申し上げましたが、初夜というのは新婚夫婦が初めて迎える夜のこと……つまり、それが行われるとしたら結婚したあと。今夜ではない」

「な、なるほど」

「加えて申し上げますと、私があなたに婚前交渉など求めることは決してありません。ですから、今夜は安心して眠ってください。それに、ほら」

鷲一郎は、視線を落とす。

そこには三角巾で吊られた腕がある。

「安静にしていなければいけませんからね」

「そう……ですか……」

言い切った鷲一郎に、ひなはほっと胸を撫で下ろした。

今夜かもしれないし、そうじゃないかもしれない……そう悩まずともよくなったことで安堵《あんど》したのだ。

だが、その反応は、鷲一郎には別の意味にも取れたようだった。

「ひなさん。先にお伝えしておきます」

「はい？」

「もっと言えば、私との初夜については考えなくとも構いません」

どうして、と問うことはできたはずだ。

しかし、この時、ひなは尋ねることができなかった。ひなの方が、鷲一郎から拒否されることを恐れていたからだ。

それを知ってか知らずか、鷲一郎はさらにひなにとっては深刻な事実を口にした。

「そもそも婚約自体、まだ正式なものではありませんしね」

「え？　そ、それって、どういうことですか……？」

驚愕《きょうがく》に、ひなはそれまでの初夜の話を忘れ、前のめりで尋ねた。

……やはり追い返されてしまうのでは？

そんな懸念を抱き怯えたひなの様子に、鷲一郎はただならぬものを感じたらしい。慌てて補足した。

「『海軍現役軍人結婚条例』というものがありまして、正式な婚約には海軍大臣の許可を得る必要があるのです。急に決まった縁談だったこともあって、その許可がまだ下りていないのですよ」

鷲一郎のその説明に、ひなは目をぱちくりさせる。

だが、すぐに納得した。

相手は海軍の大佐なのだ。ただの口約束で婚約関係とはならないことなど、考えてみれば当然である。もし、結婚相手が敵国のスパイなどであれば、軍事機密が漏れてしまう。その可能性を排除するためにも、軍の承認が必要なのだろう。

「そう、ですか……」

「許可が下りるまでに、およそ三月ほどかかると聞いております。書類の提出など手続きは済ませてあるのですが、なにぶん大臣の元に届くまで大勢の目を通り、全員から承認の印を貰わねばならないもので……少々先になりますが、待っていただけますか」

「も、もちろんです！」

ひなは、こくこく、と強く頷いた。

その前向きな反応に、鷲一郎も安堵したようだった。

「婚約については、以上です。他に気になることはありますか？　何でもお答えします」

「気になること……」

ひなは真剣に考える。

いろいろと聞いてみたいことはあった。

彼自身のこと。彼の今の生活について。彼のこれまでについて……そういったことに、ひなは興味があった。

それについて尋ねる権利など、自分にはないのかもしれない。詮索するなと義母に叱れることが、これまでもあったから、聞かないほうがいいのかもしれない。

それでも、目の前の彼は、問いを煙たがるあの義母ではない。

自分の旦那様になる人なのだ。

そう思えば思うほど、ひなは湧き起こる興味に蓋ができなかった。聞きたいことが山ほど積み上がってしまう。

しかし、すべてを聞くには時間が足りない。

ふと、問いを探していたひなの目が、鷲一郎の腕に留まった。

「……あの。大丈夫なのですか？　骨折していると伺いましたが」

ひなの視線を追って、鷲一郎が自身の左腕を見た。

昼間から変わらず三角巾で吊られている。

「ああ、これは大人しくしていれば大丈夫です。きれいに折れたので、軍医からは治りも早いだろうと言われていますし……早ければ三月程度、半年もあれば完治するだろうとのことです」

「そうですか。その、やはり仕事中のお怪我で……？」

「ええ。船の上でやらかしましてね。落下物を避けられなかったのです」

「やはり危険なお仕事なのですね……」

ひなは少し不安になりながら口にした。

軍人はいつ死ぬか分からない。

だから、良家の子女相手だと結婚を嫌がられることも少なくないという。そういう意味では、義妹は普通の感覚の持ち主だとも言える。

「とはいえ、この腕では、しばらく海には出られません」

ひなの不安を感じ取ったのだろう。鷲一郎が軽い口調でそう言った。

「最低でも完治するまでは、陸上で勤務することになっています。それで、勤務場所の近くに住むのがよいと、近くに邸宅を所有する上官がこの家を貸してくれました。勤務先が変われば、また家も変わるかもしれませんが……布団など生活に入り用の品も、上官の本邸から借り受けております」

「あ。それで昼間、布団を運んでいらっしゃった……？」

「ええ、そうです……しかし、最初が肝心だというのに、あれはお恥ずかしいところをお見せしました」

ははは、と鷺一郎が苦笑する。

と、彼は不意に思い出したように「あ」と声を上げた。

「恥ずかしいといえば。いろいろ上官から融通していただいていますが、決して生活資金がないわけではないので、そこは安心してくださいね。ひなさんに不自由させないだけの収入はあると思いますので」

「は、はい。承知しました」

「上官は、断っても施してくださる面倒見のよい方でして……恐らく日中、私がいない時にいろいろと届けられるかもしれません。とはいえ日中は母がいるので、もし何かあれば、気軽に母に聞いてください」

「はい――……ふふっ」

鷺一郎の言葉に、ひなは思わず笑いを零してしまった。

台所でタカ子に言われたことを思い出したからだ。

「はて。どうしました？」

「す、すみません。お義母様とまったく同じことを仰《おつしや》るので、つい……」

「ああ、なるほど。母も言いそうだ」

うんうん、と納得する鷲一郎。

それを横目に呼吸を整えたあと、ひなはしみじみと口にする。

「お義母様と仲がよろしいのですね。一緒にお住まいですし」

「最近までは離れて暮らしていたんですよ」

「そうなのですか？　てっきり、ずっとご一緒だったのかと」

「本来、勤務先は艦上なので、私は一人暮らしでした。ただ、母もあのようにもう年ですからね。田舎の実家で一人にしておくのも忍びなく、こちらに呼び寄せたのです。それで、この機会に結婚して身を固めてはと、周りが張り切りましてね……縁談が急だったのは、そういう事情です」

「ああ、そういうことでしたか」

「ひなさんを巻き込んでしまいましたね。すみません」

「い、いえ、巻き込んだなんて！　私は、こうしてご縁をいただき感謝しています」

「それなら、よかった。さて、他に質問はありませんか」

「はい。あの……話をしてくださって、ありがとうございました」

ひなは畳の床に手をつき、深々と頭を下げた。

顔を上げると、鷺一郎が安堵したように笑みを浮かべていた。

目元に、薄く皺が寄る。

それが穏やかな海に立つさざ波のようで、ひなの目には美しい景色のように映った。

「では、そろそろ休みましょうか」

「あっ……す、すみません。鷺一郎さん、明日はお仕事だと仰っていたのにっ……」

「いいんですよ。そもそも婚約者が来ると言っているのに、こちらの都合を無視して仕事を詰め込んできた職場が悪いのですから。私は今夜、こうしてひなさんと話せてよかったですよ」

「私もお話しできてよかったです…………っ、あの、鷺一郎さん」

「はい」

「また、こうして話していただけないでしょうか。お時間が、ある時に」

「もちろんです」

ハッキリとした鷺一郎の肯定。

それを聞いて、ひなの頬も思わず緩む。

鷺一郎は立ち上がり、部屋の襖を開けると外に出た。見送るために、ひなも慌てて立ち上がる。

「おやすみなさい。ひなさん」

「はい……おやすみなさい」

互いに会釈をして、別々の部屋へと別れる。

引き留めたい。

まだ一緒にいてほしい。

そう微かに思った自分の心の動きを不思議に思いながら、鷲一郎が隣の部屋へと入るまで、ひなは立ち去る彼の後ろ姿を眺めていたのだった。

第三章　お役に立ちたい

翌日のひなは、食材の買い出しがてら、タカ子に商店街を案内してもらった。

商店街は汐見家のほど近くにあり、タカ子は普段そこを利用しているという。

八百屋、豆腐屋、金物屋、炭屋、米屋……など生活を支える昔ながらの店と、洋品店や宝石店といった今風の店が混在している。

少し足を延ばせば帝都でも有名な市場があるが、大抵のものはここで揃ってしまうとのことだった。

商店街がある通りは、汐見家へとやって来るときにも通った。

昨日は余裕がなく恐ろしくすら感じていたその場所が、今日は何だか歩いているだけで心に一つまた一つと花が咲いていくようだった。実際、季節の移り変わりを示すように急な陽気が帝都には訪れており、今日になって開花した道端の花々も多いようだ。

ひなにとって、とりわけ商店街は物珍しい場所というわけでもない。

実家にいた頃も、買い出しに近所の商店街を訪れることはあった。

だが、日々の労務の一環で、淡々と買い出しをしながら歩くだけ。

義母たちから一時的に離れられるという解放感はあったが、記憶には帰宅後の待遇を憂う陰鬱《いんうつ》な感情が強く残っていた。

それが、ここではまるで童心に返ったようだ。

年甲斐《としがい》もなく、わくわくしてしまう。

「何だか楽しそうですねえ」

店々に好奇心に満ちた眼差しを向けていたひなの隣で、タカ子が微笑ましそうに言った。

ひなは少し照れながら、その言葉に頷く。

「す、すみません、自分でもよく分からないのですが……」

「日々通うことになる場所なのですから。楽しいと感じるほうがいいですよ。私もこっちに来てまだ日が浅いものだから、帝都の景色は面白いなと思います」

「お義母様は、どちらに住んでいらしたのですか？」

田舎の実家で一人暮らしをしていたのを呼び寄せた、と昨晩ひなは鷲一郎から聞いた。

つまり、その田舎が鷲一郎の実家である。

ひなは鷲一郎がどんな土地で生まれ育ったのか興味があった。

「土佐ですよ。分かりますか、南のほうの」

「ええ、もちろん存じております……が。あの、失礼ながら、お国言葉ではないのですね」

「嫁ぎ先が土佐だっただけで、出身はこちらなのです。それに、あちらの言葉はこちらでは通じないことが多いので、めっそ使わんようにしちゅうがよ」

「えっ？　今、なんと……？」

「あまり使わないようにしているんですよ、と言ったのです。ね？」

「ああ……確かに通じないかもしれませんね」

「鷲一郎は、子どもの頃こそ土佐の言葉でしたが、海軍での生活が長いからでしょうね。海軍兵学校に入るために故郷を出てからは、実家には寄港の際に立ち寄るくらいで、ほとんど帰ってきませんでしたし」

「なるほど。鷲一郎さんは、それで……」

「鷲一郎の話も、楽しそうに聞いてくれますね」

タカ子にニコニコしながら言われて、ひなは「えっ」と驚いた。

自覚がなかったからだ。

自分は今どんな顔をしているのだろう……そう思いながら、ひなは尋ねる。

「……そう見えますか？」

「ええ。母として、とても嬉しいわ」

断言されて気恥ずかしさを覚えながらも、ひなはタカ子の言葉が嬉しかった。

興味を持って話を聞いても、質問しても、叱られない。

それどころか、喜んでもらえる。

まるで、父の生前に戻ったようだった。

「あの……お疲れになったら言ってくださいね」

タカ子に負担をかけていやしないかと心配になったひなは、そう声をかけた。不意に過労で亡くなった父のことが頭を過ったからだろう。

「ありがとう。でも、大丈夫。こう見えて足腰は強いんですから」

ひなの不安を吹き飛ばすように、タカ子が答えた。

心強い言葉に元気をもらいつつ、しかしタカ子の疲労には気を配りながら、ひなは今後馴染みになるであろう通りに並ぶ店々を眺めていった。

通りに立つ桜の木々は、春の訪れを間近に感じて、蕾《つぼみ》を赤く膨らませている。

よく見れば、一つ、二つほど咲いているものもある。今日のような陽気が続けば、満開まで十日とかからないだろう。

もう間もなく、帝都は一年のうちでも美しい春の姿を見せる。

◆◇◆

海軍軍令部。

それが現在、腕を負傷し、海に出ることのできない鷲一郎の勤め先だ。

軍令部の仕事は、海軍全体の作戦や指揮の統括である。

そのトップである軍令部長の補佐を行う副官という役職に、鷲一郎は就いていた。

朝、鷲一郎はスーツを着てソフト帽を被《かぶ》って家を出る。

そうして通称〝赤レンガ〟と呼ばれる軍令部のある庁舎に到着してから、海軍の制服に着替えていた。

というのも、海軍の制服は、通勤時には目立つからだ。

士官ともなれば、市民を前に規範的な行動を求められるし、帰路でスパイなどに付け狙われる可能性もある。少々面倒ではあるが、後に大事になる危険性を回避するためにも、鷲一郎は私服で出勤していた。

海軍には、軍服が二種類ある。

紺色の冬服『第一種軍装』と、白い夏服『第二種軍装』だ。

桜の開花を待つ現在、海軍の軍人たちは紺色の軍服に身を包んでいた。

「汐見大佐。婚約者どののお迎えはいかがだったかな？」

開襟のスーツから詰襟の軍服に着替えた鷲一郎に、そう声をかけてきたのは、この軍令部のトップである軍令部長であり、鷲一郎に家を貸してくれている上官だ。

湊正蔵《みなとしょうぞう》中将である。

丸刈りにされた髪と髭は真っ白だが、筋骨隆々《きんこつりゅうりゅう》とした肉体は依然として若い海兵たちを圧倒していた。海の上でもよく通る豪快な声は陸上でも変わらず、建物の中ではなお響き渡るため、軍令部に出入りして日が浅い部外者は大抵腰を抜かすと言われている。

声に振り返り、鷲一郎は一礼した。

「はい。おかげさまで、無事に迎え入れることができました」

「布団の具合はどうだった？　二人で眠るにはちょうどいい大きさだっただろう？」

「お言葉ですが、昨晩その布団は婚約者が一人で使いました」

「はっはっは。貴様のことだから、そんなことだろうと思っていたとも！」

「そんなもこんなも、まだ婚約の申請をしている段階です」

「五十を目前に、何を真面目なことを言っとるか」

「真面目が取柄ですからね」

「貴様は寄港先でもまったく遊ばんと評判だったが……やはりここは儂《わし》が夜遊びに連れ出してやるべきか……」

「そのようなお心遣いは結構です。というか、朝から猥談を仕掛けてこないでいただきたいのですが」

「朝だからいいのだろう。気になって一日、仕事に手がつかなくてはまずいからな」

「……そんなに気にせずともよい話題でしょうに」

「有能な部下の婚約だぞ。これを気にせず、何を気にしろというのか。一大事だろう」

「一大事なのは私だけでよろしいかと……それにしても中将は朝から元気ですな」

「何を言うか。儂は夜も元気だ」

「ご壮健で何よりですね」

「はあ、儂に向かって即座に切り返せるのは貴様くらいだな。まったく……浜崎《はまざき》大佐も、お前くらい気骨があったらなあ」

　湊中将は、そう言ってため息をついた。

　浜崎大佐とは、鷲一郎が艦長として乗っていた艦の現艦長のことだ。

　鷲一郎が怪我で艦長の座を退いた際に、急遽、浜崎大佐がその後釜についたのだが、湊中将はそれが気に食わないようだった。

「中将は、浜崎大佐に思うところがおありで？」

「大ありだ」

尋ねる鷲一郎に向かって、フン、と鼻息荒く湊中将は続ける。

「あれはとんだ腑抜けだぞ。肝心な時にいつも腹が痛いと言って逃げよる。先の海戦でも、接敵の最中に貨物室に逃げ込んでいたという話ではないか」

「噂には聞いておりましたが、事実なのですか？」

「儂がこの目で見たわけではないがな。さすがに何人もの乗員が口を揃えて言っておったのでは、根も葉もない、というわけでもないだろう」

鷲一郎は「なるほど」と苦笑した。

それを見て湊中将は肩を竦め、再びため息をつく。

「貴様が抜けた穴に玉突きで入り込めただけで、あいつは艦長の器じゃあない。それをどこその派閥の莫迦《ばか》がねじ込みおって……儂はあの艦が心配だ」

「きっと大丈夫でしょう」

「うん？　なぜそう言える？」

「副長に広瀬《ひろせ》中佐が乗っておりますので。彼は優秀ですから」

広瀬中佐は、鷲一郎が艦長だった時に、その右腕の副長を務めていた男である。浜崎大佐が艦長になった現在も、副長は彼のままだった。

「ふむ、広瀬中佐か。貴様が評価する男なら信用できるな」

「ええ」

「まあ、酒を飲んだ儂ほど信用ならん男もいないらしいがな！」

だっはっは、と笑いながら、湊中将は立ち去ってゆく。

鷲一郎はその豪快な笑い声が遠ざかるのを聞きながら、上官を婚約者に会わせたくないなと思った。世話になっている手前、無理な話なのだが。

湊中将は、軍令――すなわち海軍の運用、戦時の作戦――を管轄する機関の長だけあって、平時は豪胆だが聡明な軍人だ。鷲一郎の前では、今しがたのように愉快な人物であることも多い。

しかし気性の荒さは海軍内でも有名で、酒が入った時に顔を覗かせるその傍若無人さは誰にも止められなかった。

制止しようとする部下たちを酔った状態で次々と背負い投げする様は、獰猛《どうもう》な鯱《しやち》が海豹《あざらし》を宙に放るようでもあり、湊中将より階級の高い大将以上の上官でもなければ止められなかったのだ。

そんな中将を初めて止めた下僚《かりよう》が、鷲一郎だ。

大佐になる前の話である。

特に力尽くで止めたわけではない。

無類の酒好きである湊中将を、その酒飲み勝負で打ち負かしたのである。

淡々と等間隔で酒を呷《あお》る鷲一郎の飲みっぷりは、いわゆる『笊《ざる》』を超えてもはや『枠《わく》』。どれだけ飲んでもまったく酔わなかった。その顔を赤くすることもなく涼し気なまま飲み続ける様子が、泥酔していた中将に「参った」と頭を下げさせたのである。

この一件によって、鷲一郎は湊中将に気に入られることになった。

そして、二人の酒飲み勝負の話は、湊中将の気性の荒さに関する話題において、必ずと言っていいほど一緒くたに語られることになった。

結果、鷲一郎は現在こうして湊中将の直下、副官となっているのである。

骨折の療養も兼ねて鷲一郎に陸上勤務の話が出た際、すぐに『軍令部で湊中将の補佐をして欲しい』という話が出た。

誰もが恐れる中将と上手くやっていける人材が、他にいなかったからだ。

鷲一郎の副官着任以来、湊中将もその助言はよく聞いている。

部内も至って安泰で、何も問題がないように思われていた——鷲一郎本人を除いては。

（湊中将も、常にあのように上機嫌であれば、皆から恐れられぬだろうに……いや、人のことは言えないな）

己を顧みた瞬間、鷺一郎は小さなため息をついた。

副官は庶務を行うというその特性上、部内の情報がもっとも集まるはずの職務だ。

しかし、上に伝える必要があるものこそ受け取っているとはいえ、鷺一郎が部内から十分な情報を得られているとは言い難い。

理由は簡単だ。

湊中将と同じように、鷺一郎自身も周囲の人間に敬遠されているからである。

（……艦上でも私がもっと饒舌であれば、このようなことにはならなかったのだろうか）

負傷した左腕を見ながら、鷺一郎は考える。

すでに過去の話であり、考えるだけせんなきことだと理解はしていた。

けれど、よりよい結果を得られたかもしれないという可能性が、不意に鷺一郎の頭の中に浮かび上がってくる。

鷺一郎に対する周囲のおおよその印象は『寡黙な男』だ。

それは、一部の上官からは『思慮深く寡黙な部下』として評価される一方で、多数の部下からすると『何を考えているか分からず怖い上官』として恐れられている、ということでもある。

元より鷲一郎自身、海軍内の一部では知られた人間だった。

佐官に昇進する数年前のこと。鷲一郎は異例の抜擢で連合艦隊の参謀に任命されるなど、出世街道を突き進んでいた。

その目覚ましい活躍ぶりから『海神《わだつみ》の化身』とまで囁かれていたほどだ。

連合艦隊が先の海戦にて見事な勝利を収めたのも、司令官が鷲一郎の意見を重視した結果だった。だが、鷲一郎は功を誇らず、すべて上官や部下の手柄とした。

手柄を他人のものとしただけではない。

鷲一郎の怪我は、乗り込んだ艦上で部下を庇った際に負ったものだ。だが、鷲一郎は「自分の不注意」だと上に報告した。

とはいえ、湊中将をはじめとした上官たちも、その報告を鵜呑《うの》みにしたわけではない。

鷲一郎が怪我を負った本当の理由は、しっかりと把握していた……庇われた張本人である部下が、真実を報告していたからである。

把握した上で、上官たちは悩んだ。

功名心がないのはいいが、優秀な人間に死に急がれては困る。

鷲一郎に命に執着がないのは、守るべき家族が——妻や子供がいないからではないか。

やがて、誰かがそれを口にした。

——『やはり所帯を持たせるのがよかろう』

鷲一郎を気に入っていた上官たちは、自分たちの縁者に相応しい結婚相手がいないか見繕い始めた。上官たちは海軍の将官である。良家の伝手は十分にあった。

だが、時機を逸していたのか。

ちょうどよい未婚の子女が見つからなかった。

当てがあると踏んでいた家筋の娘たちも、直前に結婚が決まったなどで、どういうわけか縁がなかったのだ。

そんな中、未婚の華族令嬢がいると判明した。

襲爵により子爵となった医師・若枝鴻之助の娘だ。

海軍関係者の中に、十三年ほど前にその若枝医師の世話になった者がいて、娘がいたことを思い出したのである。

医師である父の手伝いをしながら怪我人を気遣う、そんな心優しい娘だった。

そのため、かなり昔のことだというのに、彼の人の印象に残っていたのだ。「この娘には幸せになって欲しい」……自然とそう思ったのだという。

二十以上の年の差は小さくはない。

しかし、それさえ目を瞑《つぶ》れば、家柄は十分。当時まだ六つくらいだったはずだが、あの環境のまま育っていれば、賢く器量のよい娘に育っているだろう……相対した者には、それが容易に想像ができた。

調べれば父・鴻之助は逝去していたものの、娘は今年で十九歳だが未だ婚約相手もいない。

――『これは縁があるに違いない』

そう感じた海軍関係者は、迅速かつ円滑に事を運ぶため、汐見家の遠戚を装って、すぐに若枝家と連絡を取ることにした。

……一方、当の鷲一郎本人は、一生涯独身で構わないと思っていた。

明日の命も分からぬ軍人稼業と思い、この年齢までやってきたのである。

想い人もおらず、色恋とは無縁で仕事だけに専念してきた。それを今さら結婚など……考える気にもなれなかった。

ところが、根回しはすでに故郷の親元にまでされたあと。

そして、縁談を取りつけてきた海軍関係者とは、退役軍人――今でこそ軍を離れているが、元上官である。断れば、その面子《メンツ》を潰すことにもなりかねない。

これまで縁談はのらりくらりと躱《かわ》してきた鷲一郎だったが、さすがに腹を決めることになった。

そうして、鷲一郎のもとにやってきたのが、ひなであった。


(大丈夫なのだろうか……)

副官室の執務卓にて、鷲一郎はぼんやりとそう考えた。

もう一人の副官が不在の今、室内は集中して新聞を読むのに適している。世情を把握するために、鷲一郎は新聞の記事を確認している最中だった。

だが、いつの間にか集中は解け、別のことを考えていた……昨日出会ったばかりの婚約者のことだ。

若い娘。

婚約者についてそう聞いていたとはいえ、あまりに若い。

鷲一郎から見れば、幼いと言ってもよいほどだ。

自分が同じ年だった頃のことを思い出すも、十九歳といえばまだ海軍兵学校で学んでいる最中である。正式な軍人ですらない遠い過去の自分は、今の鷲一郎から見ればまだまだ子供だった。

……夫婦というより、親子というほうが近いのではないだろうか。

鷲一郎は、そう思っていた。

十歳以上の年の差婚など珍しくない昨今ではあるものの、それでも気にはなる。

（……私などではなく、若い男と添い遂げる未来もあるだろう。その機会を果たして私が奪ってよいものか）

鷲一郎は、常々『お国のために』と考えている。

それは『この国の未来ある若者のために』と考えているのと同義だ。若者たちに幸せになって欲しい。艦上では、いつもそういう心持ちで海戦に臨んできた。

あの婚約者――ひなも、その若者の一人だ。

美しく花開くであろうその未来を、初老の関所を通過して久しい自分が摘み取っていいとは思えない。

しかし、昨晩向き合って話した彼女の姿が脳裏に浮かぶ。

別れ際の彼女は、どこか縋《すが》るような目をしていた。

あの時、鷲一郎の心が揺れなかったと言えば嘘になる。彼女を置いていってはいけないような気がしたのだ。

それでも、若い娘と同じ部屋にいる自分に対する後ろめたさが勝ったわけなのだが。

（幼くして父を亡くしているという話だったはず……あれは、雛鳥《ひなどり》が親鳥を求めているようなものだろう）

そうは思えども、気になってしまう。

母が、今日はひなと商店街へ買い出しに行くのだと言っていた。

それも気になってしまう。大丈夫なのだろうか。

門から顔を覗かせた時から、顔色がよくなかったように思う。身体も痩せており、風が吹けば飛んでしまいそうなか弱さがあった。だというのに、到着して初日から料理を作るなど家事に勤《いそ》しんでくれている。

彼女は無理をしているのではないだろうか、と鷲一郎は気がかりだった。

母に対する心配と似た感情だが、それよりも不安なのは、まだ彼女のことを知らないからだろうか。

そもそも、自分はなぜこんなに気になってしまうのだろうか。

……そんな気持ちは、初めて艦に乗り込む前に捨てていったはずだというのに。

やはり陸上勤務だからだろうか、と鷲一郎は原因について考えた。

「……たるんでいる」

「も、申し訳ありません……！」

「え？」

張り上げられた謝罪の声に、鷲一郎は視線を向けた。

部屋の入り口に、いつの間にか若い士官が立っていた。

「いつの間に」

「今しがた入室いたしました……書類をお持ちしたため一度声をおかけしたのですが、何やら熟考されているご様子でしたので、邪魔しないほうがよいかと待機しておりました」

鷲一郎は眉を顰める。

人が入ってきたのに気づかなかったらしい。こんなことは初めてだった。

「たるんでいる」

「も、申し訳ありませんッ！」

「いや、すまん。私の話だ。ぼんやりしていたものでな」

「ぼんやり……あの、僭越《せんえつ》ながらご体調が優れないのでしょうか」

部下は鷲一郎の腕をちらりと見た。

怪我の具合を心配してくれているようだ。

「いや、問題ない。少々、難しいことがあってな――」

そこまで言って、ふと鷲一郎は部下の顔をまじまじと見た。

鷲一郎の頭の中には、部内の人間の家族構成などの情報がキッチリ入っている。

それは目の前の部下についても同様だ。

「――……時に、君には妻がいたか」

一瞬、質問の意図が摑《つか》めなかったのだろう。

部下は不思議そうな顔をしたが、すぐに切り替えて答えた。

「はい。おります。三年ほど前に結婚しました」

「馴れ初めを聞いてもいいだろうか」

「えっ？　その……幼馴染みでして、子どもの頃に結婚の約束を……」

「そうか。ありがとう」

照れた様子で話す部下を、鷲一郎はそこで制止した。

何か参考になる話が聞けないだろうかと思ったのだが、部下の場合、出会いから自分の状況とまったく違うようだったからだ。

「それでは、失礼いたします」

「うむ」

一礼し、部下は部屋から立ち去った。

再び一人になった鷲一郎は、届けられた書類の確認作業を行う。

婚約者との関係について悩みはつきなかったが、今は職務の最中である。仕事に集中することを優先した。

この場で悩む以前の問題だと思ったからだ。

（……まだ、知らぬことが多すぎるしな）

彼女との婚約関係の良し悪しについて、判断できるほどの情報が鷲一郎の元にはない。

結婚に対するひなの気持ちも。

若枝家の家庭の事情も。

そういったことをほとんど何も知らないまま、婚約話がトントン拍子に進んでしまったからだ。

否、進めることを止めなかったのは、鷲一郎自身だ。

すでに出港した船のようなものだろう。ここで引き返すかどうか悩むくらいなら、港を出る前に――ひなが実家を出て汐見家へとやって来る前に――もっと情報を集め、精査し、考えるべきだったのだ。

だからこそ、今さら悩むことではないはずだ、と鷲一郎は己に言い聞かせた。

（ひなさんにとって、一体何が幸せなのだろうな）

考えるべきは、むしろそちらだ。

そして、それを考えるのは今ではない。

鷲一郎は、その後、改めて新聞に目を通し始めた。

特に変わったことはなさそうだったが、海軍の廃工廠《はいこうしょう》についての記事が目に留まった。横須賀《よこすか》や呉《くれ》などの鎮守府が置かれたあとに不要になった各地の工廠や造船所。閉鎖されてしばらく経つものの放置されているそれらのうちの一つに、夜な夜な鬼火が現れる……といった怪談まがいの内容だった。

(鬼火など、何かの見間違えだろうが……ひなさんは怖がるかもしれないな)

鷲一郎はその後、淡々と記事に目を通したあとで新聞をとじた。

その日の職場では特に変わったこともなく、特別な来賓が来たわけでもなく、普段通りに一日は過ぎていった。


やがて陽が傾き、昼の暖かな空気も冷えてくる頃……鷲一郎は、軍令部での仕事を納めて帰宅した。

カラカラと玄関の戸を開く。

すると、ひなが慌て気味にパタパタと小走りで中から出迎えに現れた。

普段と異なる帰宅時の光景だ。

鷲一郎は、少し胸の辺りがむず痒《がゆ》くなる。

「おかえりなさいませ」

「ありがとうございます。変わりないですか」

尋ねる鷲一郎の鞄《かばん》を受け取ったひなは、何やら申し訳なさそうな顔をしている。

「……何かあったのですか？」

「それが……あの、こちらへ」

説明もそこそこに中へと戻るひなを、鷲一郎は怪訝《けげん》に思いながら追った。

ひなに案内されたのは、タカ子の寝室だった。

中に入ると、タカ子が寝込んでいた。

「母さん、どうしました？」

「腰を痛めてしまったの」

横たわったまま、悲しげにタカ子は言った。

田舎にいた頃にも腰を痛めていたという。鷲一郎はそれで心配になり、母を帝都に呼び寄せたのだ。

「商店街から帰ってきたら、玄関のところで急にね」

「出先でなかったのは幸いでしたね。しかし、以前は治るのに十日以上かかったと聞きましたが、放っておいて大丈夫なのですか？　まだ医者に診てもらっていないのなら、診てもらったほうが……」

「今からではお医者さまにもご迷惑ですよ。それに、ひなさんのおかげで、だいぶ楽になりました。薬湯を作ってくださったのよ」

「薬湯？」

薬湯とは、いわゆる煎じ薬であり、和漢薬を水から煮出したもののことだ。

和漢薬は、中華民国から入手できる漢薬と、日本にて開発されてきた和薬、その二つを併せた呼び名だ。どちらも薬用植物などから作った生薬であり、それらを症状に合わせて、通常二種以上を一定の比率で配合したものが漢方薬と呼ばれていた。

薬湯を作るのであれば、当然、和漢薬が必要となる。

そして、その配合に関する知識も必要だ。

――『西洋医学とこれに伴う洋薬を採用せよ』

そう国からお達しがあったのは明治に入ってすぐのことだった。

しかし、それが普及するようになったのは、三十年以上が経ってから。つまり、ここ十年ほどのことである。

薬の国産化が活性化したのも、大正に入ってからのことだ。

依然として洋薬は国外からの輸入頼みで、現在の帝都でも使われることが多いのは、昔ながらの和漢薬である。

だが、明治の間に、医師になるためには試験が必要という法律ができたことで、現在ではこの和漢薬を使うよりも西洋薬を使う医師が増えた。

民間療法などは数多く存在する。

だが、医師でもなく和漢薬の確かな知識を持っている者は珍しかった。

「ひなさん。昨日、お医者様だったお父様の遺した書物を読むのが趣味だと言っていたでしょう？」

タカ子に言われて、鷲一郎は昨晩の食事時に聞いた話を思い出した。

「そうですね。医学書を読めるなんて、学のある方だなと思いましたが」

「ひなさんは、そこに書かれていたことを覚えているのですって。すべて」

「すべて……？」

鷲一郎は目を瞬いた。

それが本当なら、とんでもない記憶力だと思ったからだ。

彼女の話しぶりからして、一冊二冊という数ではなかったはずである。内容も医学書、恐らく簡単なものではなかっただろう。

もしそうだったなら、謙遜が過剰なほど身についている彼女のことだ。すごいと言われる前にそのように申告しているはずである。

だが、そこで鷲一郎は疑問に思った。

……なぜ彼女の実家は、婚約の話が出た際に、彼女にそのような優れた記憶力があると伝えてこなかったのだろう。

ひなはどうか分からないが、ひなの実家が乗り気だった縁談なのは確かだ。

そして、若枝家は金策に困ってもいた。

ならば縁談を確かなものにするために、ひなの優れた部分として売り込んできてもよかったのではないだろうか。

(女は男を立てるのが、我が国ではよしとされている。ひなさんが可愛げのない娘だと思われることを恐れていた？　いや、それだけではないような……)

見合い写真は、こちらが不要と言った手前渡されなかった。

しかし、ひながどんな娘だとか、どこが嫁としてよいだとか、そういった評判も若枝家からは一切伝えられなかった。

それについては、縁談を進めてくれた仲人の元上官も首を捻《ひね》っていたくらいだから、やはり奇妙なことだったのだろう。

――『若枝家に、年頃の娘は確かにいるそうだ。しかし、娘の父であり自分が世話になった若枝子爵はとっくに亡くなっていてな……どうにも金回りは苦しそうだが、家柄は悪くない。それに、すぐにでも結婚に向けて動けるそうだ。構わんか、汐見』

疑問を脇に置いたらしい元上官は、鷲一郎にそう言った。

結婚は家同士のものだ。

あちらが傾けば、こちらも共倒れになる可能性がある。

そこで元上官は、結納金を先渡しすることを条件に、以降、汐見家には迷惑をかけぬようにと――つまり、金の無心などせぬようにと――若枝子爵の後妻であり現若枝家の女当主に誓約書を書かせたらしい。

喩《たと》えれば、海で溺れた際に『こちらに助けを求めることを禁ずる』というような、相手からすれば非情にも思えるだろう契約書である。

しかし、女当主は嫌がる素振りもまったく見せず、むしろ嬉々として見えたらしい。そう鷲一郎に伝えた元上官は、少しだけ気味悪そうにしていた。

自分のところに嫁いでくる娘がいるなら誰でもよい、と鷲一郎は思っていた。

結婚に対して、それだけ興味がなかったのだ。

そのため、若枝家の女当主も結納金が手に入ることを喜んでいたのだろう、とさして気にも留めなかったのだが――。

「偉いわよねえ」

鷺一郎の思考を断ち切ったのは、タカ子だった。

布団に横たわったまま、天井を見つめて、しみじみと呟く。

「ひなさん、お父様がご存命の時には、その手伝いをしていたそうなの。煎じ薬の作り方も、お父様から教えて貰ったのですって……」

「……きっと、小さい頃から働き者だったのでしょうね」

タカ子の言葉に、鷺一郎はそう言って頷く。

まだやって来て二日目だというのに、ひなはよく家事をこなしていた。

今も、タカ子が倒れたことで準備が遅れた夕食を作りに、一人で台所に立っている。

掃除なども、鷺一郎が帰宅するまでに終わらせていたのだろう。それは門を潜《くぐ》る前から鷺一郎にも分かった。門前に、枯れ葉の類が落ちておらず、竹箒《たけぼうき》で掃き清めた形跡があったからだ。

働き過ぎなくらいだ。華族の令嬢だったというのに。

「鷺一郎。私はここで夕飯をとります。ひなさんが、あとで握り飯など食べやすいものを届けると言ってくれましたから」

「分かりました。では、私はひなさんを手伝ってきます」

「ええ。そうしてちょうだい。苦労をかけないようにね」

「心得ております」

そう答えてタカ子の寝室をあとにした鷲一郎は、スーツから家で寛《くつろ》ぐための着物に着替え、台所へと向かった。

魚を焼いていたのか、香ばしい匂いがする。

それに釣られるように覗き込めば、ひなが食器棚を前に難しい顔をしていた。

「うーん……茶碗とお椀は今朝と同じとして……」

「何かお困りですか？」

鷲一郎が声をかけると、ひなが振り返る。

やましいことをしたわけではないのだろうが、慌てているようだ。

その様子を、鷲一郎は微笑ましく思った。彼女が気を遣ってくれている証拠だと感じたからだ。

「あっ……じ、実は、どの食器を使っていいものか迷っておりまして」

ひなは食器棚に目を遣《や》る。

そこに並んでいる食器は、いずれも鷺一郎が趣味で集めたものだ。

「どれも素敵な焼物ばかりでしたので、使ってはいけないものもあるのかと」

「どれでも好きに使って大丈夫ですよ。その棚に並んでいるのは、使うための食器ですから」

「なるほど……分かりました。では、そのようにいたします」

その一言に、ひなはほっとしたらしい。

鷺一郎は、さらに補足することにした。彼女の懸念が見て取れるようだったからだ。

「それと、焼物ですから、欠けたり割れたりすることもあると思います」

「は、はい。気をつけます……！」

「ああ、いえ、そうではなく」

「ええと……それでは……？」

「もし手が滑ったりしてそのように破損してしまったとしても気にしないでください、と言いたかったのです。形あるものはいつか壊れるものなのですから」

緊張の面持ちで聞いていたひなが、そこでぽかんとした。

鷺一郎の言葉が予想外のものだったらしい。

「……あの、鷺一郎さん。お心遣い、ありがとうございます」

「いいえ、心遣いなどではありません。私自身が、あなたに我が家で少しでも力を抜いて過ごしてもらいたいのですよ。それに、礼を言うのはこちらのほうです」

「え？」

「母のことですよ。ひなさんのおかげで、だいぶに楽になったようです。ありがとうございました」

「い、いいえ、お役に立ててよかったです……」

「何やら薬湯まで作ってくださったとか。しかし材料はあったのですか？」

鷲一郎の問いに、ひなはふるふると恐縮するように首を横に振った。

「ああ、いえあの……あれは、薬湯ではないのです。お義母様がそのように仰ったのかもしれませんが、私は医師でも薬剤師でもありませんので、調薬の材料も簡単には入手できません」

「では、一体……？　母は、それを飲んで楽になったと言っていましたが」

「塩と砂糖とを混ぜた水です」

ひなの答えに、鷲一郎は「え」と声を上げた。

それだけで、腰の痛みに効くという想像ができない。

「他に何か混ぜたのでしょうか？　それとも、塩や砂糖が何か特殊なものだったとか

「……？」

「いいえ。他には何も混ぜておりません。塩と砂糖も、至って普通の――こちらの台所にあったものです」

「ではなぜ母に効いたのですか？」

「なぜという問いに答えるなら……それらが身体に不足していたから、でしょうか」

「不足していることが分かった、ということですか？」

「正確に言えば、予測でしかありませんが……」

ひなはそう前置きした上で、鷲一郎に理由を説明した。

「今日は昨日と比べてとても暖かかったので、それらが身体に不足しているだろうと思ったのです。江戸時代の拷問には塩抜きの刑などもあったそうですが、特に塩が不足していると、身体が上手く動かなくなったり、痛みを訴えたりしますから。私は、ただお母様の身体に不足していたものを補っただけなのです」

「なるほど、不足したものを……」

かつて海軍の中で猛威を奮った脚気や、西洋の船乗りを悩ませた壊血病……それと同じか、と鷲一郎は納得した。

それだけでなく、鷲一郎はかつて上官に言われたことを思い出した。

――『夏場は暑さでやられるが、食えなくなったら死ぬからな。たとえ食欲がなくとも、冷や飯に味噌《みそ》を載せ水をぶっかけて流し込め』

実際、ひどく暑い夏、身体の怠《だる》さで食欲も湧かなかった時に、言われた通りにして身体が楽になったことがある。上官の助言は極論ではあっただろうが、ある意味では正しかったと言えよう。

ひながタカ子に飲ませたものは、きっと同じような効果をもたらしたのだろう……そのように鷲一郎は理解した。

「塩と砂糖はただ混ぜただけですか」

「効果的な配合の割合はありますが、升一合に塩一つまみ、砂糖は一摑みほどでしょうか」

「なるほど」

「あ。糖分は足りませんが、冷たくなった味噌汁を飲むのもよいですよ。なければ、梅干しなどを食べるだけでもよいそうです。それもない時は、塩を少々、直接舐《な》めるのでもよいかと……」

「しょっぱいので、どのみち水は飲む必要がありますね」

「はい。一石二鳥です」

「ふむ……すごいですね」

「え？」

「簡単なことかもしれませんが、知っているのと知らないのとでは大違いです。ひなさんが知っていたおかげで、母は助かりました」

「お、恐れ入ります……」

褒められれば鼻が高くなる者もいるが、ひなはそうではないようだった。

どこか居心地が悪そうに、顔が俯きがちになっていっている。

決して嫌というわけではないのだろう。だが、まるで褒められることに慣れていないかのようだった。

海軍の新兵にも、時々そういう者がいる。

そのような新兵に対して、鷲一郎は「褒め言葉は素直に受け取れ」と言っていた。だが、ひなに対して同じように振る舞うわけにもいかない。

鷲一郎は少し考えた。

焦る必要も、急ぐ必要もない、と。

「……そういえば、ひなさんは医学書を趣味で読んでいたと言っていましたが、本の内容もすべて覚えているそうで。母から聞きましたよ」

「それは……何度も読み返したもので」

「しかし、なかなかできることではありません。たとえば私が仕事で同じように覚えろと命じられても、さすがに無理でしょうな」

冗談を言うように鷲一郎は微笑んだ。

それからひなの隣に立ち、食器棚に手を伸ばす。

「焼物のことでも、大して知識はないままですからね」

「そうなのですか？」

「ええ、ほとんどが直感でいいなと思ったものを買っているだけです。今夜は焼き魚ですか？　香ばしさに、何か、ほのかに爽やかな香りも混じっている気がしますが……これは、柚子《ゆず》の香りですかな？」

「え――は、はい、そうです。鰆《さわら》の幽庵焼きです」

「ほう。それは美味そうだ」

「それから、大根と烏賊《いか》の煮物、豆腐田楽に、菜の花のお浸し……香の物があります」

「では、この辺りの食器でどうでしょう」

言って、鷲一郎は食器棚の中から、今晩の料理を並べるため必要になりそうな皿や小鉢を取り出し、ひなに見せた。

「あ、ありがとうございます。では、そちらを使いますね。すみません、鷺一郎さんのお手を煩わせてしまって……」

「いえ、手伝いにきたのです。母が倒れましたし、手が足らないでしょう？」

鷺一郎は、手にした皿をひなに差し出した。

それを受け取り、ひなははにかむような笑みを浮かべた。

「……ありがとうございます」

◆◇◆

タカ子におにぎりを届けてから、ひなは居間へと向かった。

「よろしければ、ひなさんの話を聞かせてください」

料理を並べたちゃぶ台を挟み、鷺一郎が言った。

ひなはご飯をよそった茶碗と箸を持ったまま、目をぱちくりさせる。

「私についての、ですか……？」

「はい。これまであなたが、ご実家でご家族とどのように過ごされ、物心つく頃からどのように生きてきたのか……などでしょうか。結婚する前に、ぜひ知りたいと思ったもので」

その言葉に、ひなは胃の辺りがすっと冷たくなるのを感じた。

自分の身の上について——実家で令嬢として扱われていなかった事実を——黙っていた。

それを鷲一郎に咎《とが》められると思ったのだ。

隠そうとしていたわけではない。けれど、言わずにいたのは事実だ。

「も……申し訳ありません」

ひなは箸と茶碗をちゃぶ台の上に戻し、正座した膝の上に手を置き謝罪した。

すると、鷲一郎が虚を衝《つ》かれたような顔になった。

「なぜ謝るのですか？」

「そ、それは……」

「……ああ、話したくない話題だったのでしょうか。そうでしたら、私のほうこそすみませんでした。知らぬこととはいえ、嫌な気持ちにさせてしまった」

「え？　知らぬこと……？」

ひなは首を傾げる。

釦《ボタン》を掛け違えているような違和感があった。

「その……てっきり鷲一郎さんは、私の事情をすべてご存じの上で、話を振られたのかと」

「ひなさんの事情というのが何のことかは分かりませんが……興味から伺っただけです。他意があったりしたわけではありません」

「そう、でしたか……」

鷺一郎の言葉に、ほう、とひなは胸に詰まっていた息を吐き出した。

そして、その時になってやっと、自分がやましい気持ちを抱えていたことに気づいた。

ひなは俯けていた顔をそろりと上げる。

鷺一郎と目が合った。

ひなの様子がおかしいことを心配しているのだろう。その表情に笑みはない。だが、優しい眼差しをしていた。

穏やかな春の凪《な》いだ海を思わせる目。

それを前にして、ひなは腹を決めた。

(……鷺一郎さんに事実を話そう)

事実を鷺一郎に知らせずに結婚するなど、あってはならない……そうひなは改めて思う。

何より、隠し続けて辛《つら》いのは自分だ。

伝えれば、婚約を取りやめることになるかもしれない。

けれど、それならそれで仕方のないことだ、とひなは膝の上で拳を握る。

どうするかを決めるのは、鷲一郎の権利。

自分は、すべてを明かしたあとで、ゆだねるしかない。

それが彼に対して見せられる、ひなの考え得る精一杯の誠実さだった。

「鷲一郎さん……私についてお話しいたします」

その前置きを皮切りに、ひなはぽつりぽつりと自分の生い立ちについて語った。

父が亡くなったあと、後妻である義母が屋敷の女主人となったこと。

その実娘である義妹と区別され、自分は令嬢としては扱われていなかったこと。

屋敷から追い出されそうになったこと。

それを止めてくれた使用人に育てられていたこと。ひな自身も使用人として屋敷で働いていたこと……。

「……鷲一郎さんは、令嬢との結婚をお望みなのだと義母から伺っておりました……本当なら、私ではなく令嬢としてきちんと育てられた義妹の喜巳が、婚約者としてこちらに来るべきでした」

「確かに、仲人の方は貴家のご令嬢に拘《こだわ》っていたようですが……ふむ。義妹《いもうと》さんですか」

「はい。ですから、もし鷲一郎さんが今の話を聞いて、私との婚約を取りやめたいと仰るなら、私は身を引きますし、すぐに出ていきます……昨日のうちにお話しすべきことでしたのに、黙っていて申し訳ありませんでした」

「婚約を取りやめる……とは言っても、結納金をすでにご実家へお渡ししておりまして、両家の顔合わせこそしておりませんが、実質、すでに結納を交わしたあとと言える状態です。婚約が確定する前ですし、袴《はかま》返しもされてはおりませんがね」

袴返しは、結納金の一部で新郎の袴を買い渡すことで、結納金を受け取った際に行うものだ。

一般的には、それが結婚する上での約束事なのである。

なのに、その約束事すら、若枝家ではしていないということ……華族として恥ずべきことだった。

ひなは噛みしめていた唇を解く。

「……申し訳ありません。時間はかかるかもしれませんが、私が用立てますので……」

「ふむ。しかし結構な額です。待っている間に、私の寿命が来てしまうかもしれませんな」

「それは……」

ぽろ、とひなの目から涙が零れた。

泣きたいのは鷺一郎のほうであって、自分が泣くのはお門違いだとは理解している。

けれど、どうしたら鷺一郎に謝罪できるというのか。

迷惑をかけた。

顔に泥を塗ってしまった。

その贖罪《しょくざい》の仕方が、ひなには分からない。

若枝家から追い出されそうになっていた半端者の自分には、できることだって少ない。

……やはり自分は無力なのだ。

無力だから、どうにもできぬと嘆くことしかできない――。

「ひなさん」

俯いたひなのすぐそばで、鷺一郎の声がした。

ひなは慌てて顔を上げる。

涙でぼやける視界の中、ちゃぶ台の向こうにいたはずの鷺一郎が目の前にいた。

着物の袖で、そっとひなの目元の涙を受け止めながら、彼は「すみませんでした」と申し訳なさそうに言う。

「し、鷺一郎さん……？」

「あなたを泣かせるつもりはなかったのです。事実だけを話していたつもりで、責めるような意図もありませんでした……が、結果的にそうなってしまったのは、私の落ち度です。申し訳ない」

「い、いえ……私こそ……」

ひなは懸命に涙を引っ込めようと努めた。

しかし、一度堰《せき》を切った涙は、なかなか止まらない。

泣く権利なんてないのに……そう思うほど、逆に涙は溢れてしまう。

「……つまり、先の発言で何を伝えたかったかというと、私からひなさんとの婚約を取り止《や》めたりはしない、ということです」

「え？」

鷲一郎のその言葉に、ひなの涙がぴたりと止まった。

それほどまでに驚いたからだ。

「どうして、ですか……？」

「取り止める意味がないからです」

鷲一郎は、そう言って、ひなの頬に残った涙を袖で優しく拭った。

「ひなさんが若枝子爵の娘というのは、嘘ではないのですよね？」

「はい。それは誓って嘘ではありませんが……」

父との血のつながりを証明することは難しい。

だが、長年若枝家に勤めているウメたち使用人が証人となってくれるだろう。

「でしたら、ひなさんは若枝家のご令嬢でしょう。私が——正確には仲人の方ですが——求めた結婚相手の条件どおりの方です」

「で、でも、私は令嬢としては不十分で……」

「では、問いましょうか。少し冷たい言い方になりますが、ご容赦を」

「は、はい」

「ひなさんは、結婚する上で華族令嬢の価値とは何だと思いますか？」

鷲一郎の言葉には、彼が言うように、確かに温もりはなかった。

だからこそ、ひなは冷静に受け止めることができた。

「……価値、ですか」

ひなは落ち着いて考える。

まず、『華族の価値』は何だろう、と。

結納金を先に渡せるほどの度量のある鷲一郎が、金銭を欲しているとは考えられない。

そもそも、華族の中でも資産が豊かなのは、主に薩長《さっちょう》など明治維新の際に勲功を立てた旧大藩の大名家から華族となった場合や、明治に起きた諸外国との戦《いくさ》ののちに財閥から叙爵されて華族となった場合だ。

一口に『華族』と言っても、その経済状況はまったく異なる。

たとえば公家から華族になった場合などは、元の官位の高さに比して、その生活ぶりは苦しい家が多いと聞く。

家柄が欲しい成金との縁組もよく行われるというが、それも困窮しているからだ。資産はあっても家柄はない成金が、経済的援助を欲している公家華族と結びつく……ある意味、必然だった。

そして、若枝家は公家華族ほどの家柄ではないものの、父亡きあとに逼迫《ひっぱく》していた生活はそれに近い。

義母が鷲一郎に求めたのも、言ってしまえば『金』だけだ。

ならば、鷲一郎が若枝子爵家という華族に求めたものは、自ずと限定される。

「……やはり家柄、でしょうか」

「それもそうでしょう。他には？」

「他には……」

屋敷や土地という場合もあるだろう。

だが、義母は若枝家の邸宅や土地を鷲一郎に譲ったりはしないだろう。

なにせ義妹の喜巳がいずれ婿を取り、家督を継ぐと決まっている家なのだ。婚約の話が出た際に、鷺一郎に念押ししているはずである。

それならば、『令嬢の価値』はどうだろう。

華族の令嬢に期待されるとすれば、その家柄に相応しい器量だろうか。

妻として家を守れるだけの社交的教養やマナー、家格を落とさぬ品性など……生まれついての外見的な美しさを求めるならば、市井で見つけた町娘でもいいはずである。

しかし、幼い頃に令嬢教育から遠ざけられたひなには、それを有している自信がない。

鷺一郎は、今しがたひなに対して「条件どおり」だと言った。

では、自分が満たしている条件とは何だろう……。

「…………血、ですか？」

若枝家先代当主である鴻之助の血を引いた、実の娘。

それは、一度認知されていれば、どこへ行こうと変わらない価値になる。

「そういうことです」

ひなの答えに、鷺一郎は頷く。

「あなたは若枝鴻之助の娘――つまり、子爵のご令嬢です。ならば、私の仲人が探していた『年頃の良家の子女』という条件から外れません。そこには生い立ちなどは関係ありません。その事実さえあれば、十分なのですから」

「……それは、なぜなのですか」

「周囲が納得する結婚相手であれば、それでよかったからです」

鷺一郎のその言葉は、聞く相手如何《いかん》では問題があったことだろう。

しかし、ひなにとっては逆だった。

求められている者が他にいて、自分がそうではなかった時、ひなは申し訳なくなる。

だから、鷺一郎が求めているのが義妹だったのであれば、分かり次第すぐに退かなければ……と頭の片隅で思っていた。

呆然とするひなを前に、鷺一郎が続ける。

「私自身に結婚願望はなかった。であれば、その願望を抱いた人たちの認める相手であればいい……そう思っていたのです。ですから、ひなさんとの婚約を取り止める必要はない。

納得してもらえましたか？」

「なる、ほど……」

「そして、ここからは私の願望の話です」

「鷺一郎さんの、願望……？」

「はい」

ひなの顔を覗き込むようにしていた鷲一郎が頷く。

彼は姿勢を正してからそれを話した。

「私は、縁を大切にしたいと常々思っています。それは、人の命はいつ尽きるか分からないものだから。海原より広いこの世界で出会ったこと自体が奇跡で、縁が結ばれたことには何か意味があると思うからです。私自身が、誰かにとって意味がある存在だったと……そう思いたいのかもしれません」

ひなは、それを聞いて驚いた。

鷲一郎は立派な人だ。

彼の職務や仕事ぶりがどんなものなのか、ひなは見たことがない。立派な、というのも、あくまでひなから見た感想でしかない。

だが、話してみて分かることはある。

彼がしっかりした大人の男性だということ。

大人であっても狡《ずる》さやいやらしさを感じない、真っすぐな人柄だということ。

それなのに、

「……鷲一郎さんでも、そんな風に思うんですね」

「ひなさんがどのように思われているかは分かりませんが、私は大した人間ではありません。心持ちも、若い頃と——それこそ二十歳頃から——なんら変わっていないような気すらします」

「そうなのですか？　こんなに落ち着いてらっしゃるのに……」

「それは経験のおかげですよ。ある程度、人生の出来事に予測がついてくるのです。しかし中身が変わっているかというと怪しいですね」

言って、鷲一郎はいたずらっぽく笑った。

それに釣られて、ひなも思わずくすりと笑みを零す。

目の前の立派な人を見つめて、想像する。

時が経てば。経験豊かになれば。

そうすれば、自分も鷲一郎のようになれるのだろうか。

彼のような立派な人に。

彼の隣に立っても、恥ずかしくない人間に……。

「……すみません、泣いたりして」

「謝らなくていいんですよ。ひなさんの話を聞かせて欲しいと言ったのは私ですし、泣かせたのは私の粗雑な物言いです。もっと言葉を選ぶべきでした」

「いいえ……ハッキリとした言葉でお伝えくださったおかげで、私はむしろ救われたようでした」

腫れものに触るように、あるいは避けるように。

そんな風に遠回しに言われたところで、逆にひな自身が申し訳なくなるだけ。きっと自分に鷲一郎の真意は伝わらなかったことだろう、とひなは思う。

そのように接してくれたのは、これまで、思い返せば父だけだった。

ひなが間違わないように。

正しく受け止めて、拗《こじ》らせたりしないように。

今の鷲一郎の言葉は、自分を大事に想ってくれていた父のそれに似ていた。

だからだろうか、ひなの中に反発する心は微塵《みじん》も生まれなかった。

「……知ることができてよかった」

微笑み、鷲一郎はそう呟くように言った。

え？　と目を瞬くひなに、彼は説明してくれた。

「ひなさんが心に抱えていた蟠《わだかま》りが何なのか。何かあるのだろうとは感じていたのです。ご実家には何やら事情がありそうでしたし、あなたはどこか怯えていたようだったので
……ただ、それに触れていいのかも分からなかった」

「……私も。聞いていただけてよかったです」

ひなは胸に手を当て、ほう、と息を吐き出した。

暗く深い海の底に沈めていた心。

それを眩《まばゆ》い日差しがきらめく水面まで引き上げられたようだった。

胸にずっとあった息苦しさが抜けて、呼吸のしやすさを感じる。

「もう少し、詳しく聞かせてもらえますか」

「はい。ご迷惑でなければ……鷺一郎さんのお話も聞かせて欲しいです」

「ひなさんが聞きたいことでしたら、何でも話しましょう」

「ありがとうございます……あっ」

そこでひなは気づく。

ちゃぶ台の上に料理を並べてから、すっかり時間が経ってしまったことに。

「す、すみません。夕飯が冷めてしまって……あの、鷺一郎さん？」

謝罪するひなを置いて、鷺一郎はちゃぶ台に向き直る。

そして自分の箸を手に取り、味噌汁を飲んだ。

「大丈夫、美味しいですよ」

にこっと笑ったあと、鷺一郎は汁椀の中を覗き込む。

「しかも、茸汁《きのこじる》だ」

「……茸汁、お好きなんですか？」

目をぱちくりさせるひなに、鷲一郎は「ええ」と頷く。

「艦に乗れば長い船旅になるので、健康の維持には苦労するんですよね。その点、茸は食べると腹の調子がよくなるので好んでおります」

「へえ……ということは、艦の上の食事にも茸は出るのですか？」

「ええ。ただし、いつも決まった種類の茸が出るばかりで、ここまで具だくさんの茸汁なんて、まず食えません。毒茸の見分け方を失敗すれば、悲惨なことになりますから」

「ああ、それは確かに……」

艦上で毒茸が紛れた時のことを想像し、ひなは表情を曇らせた。

食中毒全般に言えることだが、ひどい症状が出るものなら、最悪、多数の命に関わる大変な事態になってしまう。

「ですから、陸でこれだけ食べられるのは嬉しいんですよ。さあ、ひなさんも食べましょう。腹も減ったでしょうし、話は食べながら聞かせてください」

「は、はい」

促されて、ひなも箸を手に取った。

幽庵焼きの魚は、会話の最中にすっかり冷めていた。味噌汁もぬるいし、白飯から立ち上っていた湯気も消えて久しい。

しかし、鷲一郎は実に美味そうに白飯を頬張っている。

それを見つめながらとる食事は、冷えていても、ひなには温かく感じられた。


ちゃぶ台を挟んで食事をしながら、二人は話をした。


今から三十年ほど前、鷲一郎は十六歳の時に、海軍兵学校に入るために故郷の高知をあとにしてきたこと。

ひなの十六歳はつい三年前のことで、女学校に通う義妹を眩《まぶ》しく横目で見ながら、屋敷で働きつつ、それ以外の時間は亡き父の書庫にずっと籠っていたこと。

鷲一郎の三年前は、まだ軍人としての階級も大佐ではなく中佐で、駐在武官として海外にいたり、海軍大学校で教官をしたりと、忙《せわ》しなく過ごしていたこと。

二人とも、結婚は一生しないものだと思っていたこと。

そこに突然、縁談が舞い込んできて驚いたこと。

「……不思議ですね」

思わずひなは呟いた。

正面で、鷲一郎が小首を傾げる。

「ええと……生まれの差も二十年余、まったく異なる生き方をしてきたのに、こうして今一緒に過ごしている。それが不思議だなと思いまして」

広い世界の中で、同じ国、同じ時に生きている。

考えてみれば、それだけでも不思議なことだ。

もしあと五十年も互いの生まれた時が離れていれば、どこかで会える可能性すらなかった。

しかし、ひなは鷲一郎と、今こうして二人きりの時間を過ごしている。

「やはり二人の間には〝縁があった〟ということなのではありませんか？」

鷲一郎はそう言って微笑んだ。

彼に言われると、ひなもそんな気がしてくる。

目に見えない、証明し得ない不確かな物事でも、きっとそうなのだと思えてしまう。

出会って、まだたった一日。

けれど、鷲一郎を見つめながら、ひなは思う。

この縁が続いて欲しい、と。もっと深いものになって欲しい、と。

同時に、ひなは考える。

そのために、自分には何ができるだろう、と。

叱られないように、余計なことをしないように……これまではそう自分を抑えて生きてきた。実家では、何かをすればするだけ「余計なことを」と義妹に詰《なじ》られ、義母に「勝手なことをするな」と咎められたから。

だから、自主的に何かをしようなんて、考えないようにしていたのだ。

大人しく目立たぬように、息を潜めて淡々と、義母や義妹から言われた仕事のみをして暮らす……そうすれば叱られなくて済む。嫌な思いをしなくて済む。

そんな後ろ向きな思考が、長年生きる上での指針だったのだ。

けれど今、ひなはそれを変えようとしていた。

否、変わろうとしていた。

(この方の妻として相応しい人間に変わりたい。私はこの方のために……お役に立ちたい)

そんな風に、久しく忘れていた火が、ひなの胸の奥でぽっと灯《とも》った。

第四章　雛鳥の可能性

ひなは物覚えがいい。

読んだ医学書や薬学書の内容や、父が教えてくれた薬の扱い方も覚えてしまったほどだ。

一度行った場所も、道のほうが変わっていなければたどり着ける。

その力の使いようによっては成り上がることもできただろう。だが、ひなにはそんなことを考える気力がなかった。

父が亡くなった時から、世界はひなにとって優しいものではなくなった。

物覚えがよくとも、義母と義妹との関係は上手くいかなかった。

むしろ、物覚えのよさは関係の悪化を助長した。

実家の中で物や書類の置き場が分からなくて困っていた義母に、その保管場所を教えたりしたのがいけなかったのかもしれない。

客人からされた若枝家と父に関する質問に困っていた義妹を助けようと、代わりに答えたのがいけなかったのかもしれない。

義母の前で近所の人から「賢い子だね」と褒められたのがいけなかったのかもしれない。何が彼女たちの気に障ったのか……事実は、ひなには分からない。

義母や義妹の心のうちの話だ。知りようがない。

たとえひなの物覚えがよくなかったとしても、同じように義母と義妹とは不仲だったかもしれない。

しかし、少なくともひなは、実家で暮らす間、誰かのために物覚えのよさを発揮することをやめた。

結果、義母と義妹との関係は、よくはならなかったが、悪くもならなかった。

あれ以上に悪くなりようがなかっただけかもしれない。

それでも、当時のひなはホッとしたのだ。

もっと酷い目に遭う……そう怯え続けることが苦痛だったから。

それが、たとえ真実でなくとも「何かをしようとしなければ、自分はこれ以上、酷い目に遭わずに済む」と思えたことで、心が楽になった。

諦めがついた。

人生に。

生き方に。
誰かの役に立つことに。
誰かにとって役に立てる自分になることに。
その、ついたはずの諦めが、鷲一郎との出会いによって覆ろうとしていた。

◆◇◆

タカ子が腰痛で倒れた翌日の朝。
ひなは、出勤する鷲一郎を見送るべく、玄関へと出ていた。
上がり框《かまち》に腰を掛けて革靴を履いた鷲一郎が、ソフト帽を被ってから立ち上がる。
その姿を前に、ひなはどきりと胸を鳴らした。
(なんて素敵なのかしら……)
すらりと背が高いこともあって、鷲一郎に西洋の衣服はよく似合っていた。
昨日も見ているはずのスーツ姿だ。
だが、ひなは今頃になって見惚れていた。
昨日まではいつ追い出されるか分からないという緊張もあり、見惚れている余裕などなかったのだ。

それが、心のうちの蟠りを伝えてなお、鷲一郎に婚約解消の意思がないと分かったからだろう。緊張で正面から見ることも憚《はばか》られていた鷲一郎の姿を、ひなは今朝になってようやく見られるようになった。

朝食の最中も、思わず見惚れてしまっていた。

今も、動きのひとつひとつを目で追ってしまっていた。

この素敵な殿方が、私の旦那様になる方なのか、と……。

「では、いってきます」

鷲一郎のその言葉に、ぼんやり見惚れていたひなは我に返った。

「は、はい。いってらっしゃいませ！」

「ふふ、元気でよろしい」

慌てて声を上げたひなに、鷲一郎から笑みが零れる。

その様子を見て、自分の胸が、とくん、とくん、と脈打つのをひなは感じていた。

「そうだ。今日はひなさんも外に出られると言っていましたね」

「はい」

ひなは頷く。

外出するという話は、昨晩のうちに鷺一郎に伝えていた。

「道中お気をつけて。もし何かあれば、私の名前を出してください。多少なりとも、あなたを守れるかもしれません」

「分かりました。お気遣い、ありがとうございます」

そんな会話を交わし、鷺一郎は玄関から出ていった。

見送りを済ませたひなは、よし、と気持ちを切り替える。

「……さて。私も準備をしなくては」

◆◇◆

帝都、日本橋本町《にほんばしほんちょう》。

ここは、昔から薬種商が集まる『薬の町』である。

汐見家から見て北東、帝の住まう宮城のちょうど反対側にある町だ。

現在、ひなはその町を一人で歩いている。

鷺一郎とタカ子の二人の役に立ちたい……そう考えたひなは、タカ子の腰痛や鷺一郎の骨折に効果がある薬を買い求めるために、この薬の町へとやって来たのだ。

ひなは、かつて父と一緒に何度かこの土地を訪れたことがあった。

その頃からもう十年以上が経っているため、町の景観も少し様変わりしている。それでも大まかな区画や道は変わっていない。

子どもの頃の記憶を頼りに、ひなは目的の薬屋を目指す。

やがて、記憶にある建物にたどり着いた。

外観は蔵に似ている。

カラカラ……とその引き戸を静かに開けて、ひなは中を覗き込んだ。

薄暗い店の中には、いくつもの古い木の棚が並んでいる。人の姿は見えない。

ふと、薬の——乾燥した薬草の匂いがした。

子どもの頃にも嗅いだことがある、複雑で懐かしい匂いだ。

その匂いに、ひなはほっと胸を撫で下ろす。

この店が、当時と変わらず薬を扱っているのが分かったからだ。

「ごめんください」

ひなは店の中に声をかけた。

すると、奥から「はい」と答える声とともに、袴に羽織を纏った若い男が顔を出した。

見覚えのない顔だ。

ひなは一礼して、用件を伝える。

「私、若枝ひなと申します。ご主人の雪原鶴彦《ゆきはらつるひこ》さんはいらっしゃいますか？」

問いかけに、男は困ったように眉根を寄せた。

その理由をすぐにひなは知ることになった。

「鶴彦でしたら三年ほど前に亡くなりましたが」

「え」

思ってもみなかった言葉に、ひなは困惑する。

だが、その人に最後に会ってから、もう十年以上が経っていた。相手が変わらずに生きている保証などないのだ。

「す、すみません、そうだったのですか……あの、ご愁傷《しゅうしょう》様です」

「いえ。こちらこそすみません、わざわざ父を訪ねてきてくださったのに……父に、何か御用でしたか？」

「実は、薬を買いにまいりました。幼少の頃、何度かこちらで鶴彦さんにお会いしたことがあったもので、それで」

父が使う薬を取り扱っていたのが、この薬屋の主・鶴彦だった。

父と一緒にこの店を訪れていたひなも、鶴彦と面識があった。それで、薬なら信頼できる彼から買うのがよいと考えて訪ねて来たのだ。

（鶴彦おじ様も、もうこの世を去られてしまったのね……）

ひなは肩を落とす。

久しぶりに会えることを楽しみにしていた相手の死に、父の死の際に覚えた喪失感が胸の奥のほうから迫《せ》り上《あ》がってきてしまう。

と、その時、男が「あ」と声を上げた。

「若枝って……もしかして、おひなちゃん？」

「え？　はい……確かにひなは、私の名ですが……？」

『おひな』は鶴彦の呼び方だ。

おひな、おひな、と名を呼んでは、ひなに和漢薬を見せて、どんな効能があるか、どうやって使うか、と楽しそうに教えてくれた。家族の中に薬への興味を有する者がおらず、ひなが興味を持って話を聞いていたのが嬉しかったらしい。

しかし、鶴彦以外に自分をそのように呼ぶ人はいなかったはず……？

内心で首を傾げていたひなに、男は慌てて名乗った。

「僕だよ、実鶴《みつる》！」

「みつる、さん……」

「覚えてないかな？　まあ、覚えられていなくても仕方がないけど……僕が君の名前を呼ぶこともなかったしね」

「あ」

今度はひなが声を上げる番だった。

男をよく見れば、見知った面影が残っている。

父とここを訪れた際に会っていた、鶴彦の息子だ。

ひなとの年の差は、たった一つ。しかし、直接話したことはほとんどなかった。名を覚えていたのは、鶴彦がひとり息子だと紹介してくれたからだ。

「覚えております、実鶴さん。ご無沙汰しております」

「ああ、よかった。あの頃は人見知りだったからね。君が来ても、父さんの後ろに隠れていたから……覚えていてくれて嬉しいよ」

「人見知りは直ったのですね」

当時を思い出して、ひなはくすりと笑った。

店先で鶴彦の手伝いをしていた彼は、鴻之助とひなの姿を認めるなり、店の奥へと逃げていったものだ。二人が言葉を交わしたのは、最初にお互いの父に促され、挨拶をした際だけだった。

「今は頑張って喋ってるんだ。この薬屋の主だからね」

「実鶴さんがご主人なのですか」

「意外だよね」

「ええと……少し？」

ひなが遠慮がちに答えると、実鶴は「ははっ」と声を出して笑った。

実鶴が薬に興味を示さなかったから、鶴彦はひなに薬についてのあれこれを教えてくれたのである。実鶴には無理だと踏んだ鶴彦が、「おひなが店を継いでくれたらなぁ」とボヤいていたくらいだ。

「父さんの代で店を終わらせるのは忍びなくて、亡くなる前に猛勉強してさ。大丈夫だって父さんから太鼓判を貰った上で継がせてもらったんだ」

「そうでしたか。それでは、きっと鶴彦さんも喜ばれましたね」

「もっと早くから勉強してくれてりゃあな、って不満そうだったけどね……そういうわけで、父さんほどの頼もしさはないかもしれないけどさ。もしおひなちゃんが薬の入用で来たのなら力になれると思うよ」

「ありがとうございます。今日は、医師でなくとも使える薬種をいただきたいのですが」

「おひなちゃんが使うのかい？」

「はい。調薬は私が行います。服薬するのは……私の家族、ですが」

ひなは躊躇いながらその言葉を口にする。

鷲一郎とは、まだ婚約も済んでいない。

家族──その言葉が、今の自分と汐見家との関係を表す言葉として、適当ではない気がしたのだ。だから躊躇ってしまった。

「そっか。使うご家族の症状は？」

「まず、使用するのは二人、それぞれ別の症状です。一人は腰痛ですが、昨日の暖かさで発症しました。もう一人は腕の骨折をしておりまして、回復の助けになればと」

「ふむふむ、なるほど。となると……」

頷きながら、実鶴は薬棚へと向かう。

そうして彼は、いくつかの和漢薬の薬種を見繕い、棚から出してきてくれた。

「──芍薬《しゃくやく》、甘草《かんぞう》、桂皮《けいひ》、丁子《ちょうじ》、大黄《だいおう》、川骨《せんこつ》……と。効能はおひなちゃんも知ってるよね。この辺りでどうかな？」

「ありがとうございます、十分かと。お代は、こちらで足りますでしょうか」

ひなは代金を差し出す。

薬を買うための資金は、鷲一郎が「好きに使ってください」と渡してくれていたものだ。

ひなには十分すぎるほどの小遣いであり、使い道も思いつかなかった。そのため、こうして彼とその母のための薬種を買うことにしたのである。

「薬、家族に使うという話だったけど……確か鴻之助様も、すでに鬼籍に入られていたよね？」

棚から選んだ薬種をまとめながら実鶴が尋ねる。

「ええ、そうです」

「鴻之助様、確か再婚されてたよね」

「はい。亡くなる一年ほど前に」

「じゃあ、家族っていうのは義理のお母様かな。あ、それともおひなちゃん、もしかして結婚した？」

問われて、ひなは首を横に振った。

婚約もまだの身で「そうです」とは言えなかった。

「いえ……結婚はまだで……」

「そっか。旦那さんがいないのなら、遠慮しなくてもいいね」

「遠慮……？」

意図が分からず、ひなは小首を傾げる。

実鶴は、ふっ、と陽だまりのような微笑みを浮かべた。

「おひなちゃんが来なくなってから、どうしたんだろうって気になってたんだよ。せっかくまたこうして会えたんだし、お茶でも飲みながら話したいなって思ってさ」

「あ――」

不意に、ひなの脳裏に鷲一郎の顔が過った。

確かに結婚はしていない。婚約もまだだ。

ひなに旦那様はいない。

けれど、近い将来そうなる人はいる。

「……すみません。せっかくですが、早く家に戻らねばなりませんので」

「そっか。それじゃや、また機会があれば」

「はい。ありがとうございます」

ひなは代金を支払い、薬種をまとめて入れた風呂敷を手にする。

そうして実鶴に別れを告げると、薬屋をあとにし、汐見家への帰路についた。

◆◇◆

帰宅したひなは、日本橋本町で購入した薬種をさっそく煎じた。

薬種をどう組み合わせるかは、頭に入っている。

それに則《のっと》って薬湯を作ると、その日からタカ子と鷲一郎に飲んでもらうことにした。

「急に調子がよくなったというか、力が漲《みなぎ》るようになったというか……治りが早まった感じがします」

薬湯を飲み始めて一週間ほどが経った頃、鷲一郎がひなにそう言った。

身体の血の巡りをよくする薬湯が効いたようだ。

寝込んでいた義母のタカ子も、すでに起き上がって普通に生活している。腰に少し張りが残っているくらいで、痛みもほとんど取れたらしい。

朝夕の食事も、すでに三人でちゃぶ台を囲むようになっていた。

「ひなさんのおかげですねえ。本当にありがとうございます」

その週の、日曜の朝のこと。

三人でゆっくり朝食をとったあと、ちゃぶ台から食器を片づけていたひなに、タカ子が言った。

タカ子は今、ちゃぶ台の傍らに座っている。

黙っているとタカ子は自ずと働いてしまうため、ひなが「まだ休んでいてください」と頼んでいるのだ。とはいえ、座りながらでも、ひなが運びやすいようにと、使い終えた食器をまとめてくれたりしている。

「いえ、大したことは……」

「大したことですよ。近所のお医者様は『寝てれば治る』と薬を出したがらないから、本当に助かります。前は十日経ってようやく動けるようになったんですよ」

「……お役に立てているなら私も嬉しいです」

くすぐったさを覚えながら、ひなはタカ子の言葉を受け取った。

自分など何の役にも立てないだろう、そう思いながら汐見家の門を潜った身だ。そんな自分の力が少しでも二人のためになったのなら本望としか言いようがない。

だから、もっと頑張りたい、とひなは思う。

二人のために。

この汐見家の嫁として相応しい人間になるために。

「……お義母さん。まだ本調子ではないのですから、家事は私に任せてくださいね」

食器を片付ける手を止めて、ひなはタカ子に言った。〝お義母さん〟と呼ぶのは気恥ずかしいが、そう呼んでほしいとタカ子に頼まれては断れない。三日ほど前から〝様〟は〝さん〟になっている。

「ええ、そうさせていただきますとも。ああ、でもほら、今日は鷺一郎と出かけるのでしょう？」

タカ子の言葉に、ひなは「はい」とはにかむように頷く。

今日は鷺一郎が非番の日である。

そこで、一緒に街に出かけることになっていた。

衣類など、ひなが実家から荷物をほとんど持ってこなかったため、鷺一郎が買いに行こうと言ってくれたのである。

ひなの荷物が少ないことに、最初に気づいたのは、タカ子だった。

同じ女性なのもあって、何が足りないかが分かってしまったのだろう。

「すみません、お義母さんにまで気を遣っていただいて……」

「こんなの遣っているうちに入りませんよ。家事なんて二の次、三の次でいいですから、楽しんできてくださいね。留守くらいは、私に任せてちょうだいな」

「ありがとうございます……でも、家事は戻ってからやりますので、その……」

「ええ、ええ、分かっていますよ。私は休んでいるのが仕事ですものね」

ふふっ、とタカ子が冗談を言って笑った。

その言葉に、ひなはホッとする。いま釘を刺しておかなかったなら、ひなたちがいない間に、働き者のタカ子は家事をしてしまうことだろう。

朝食の片づけを手早く終えたひなは、部屋に戻って外出のために身支度を整える。

タカ子が譲ってくれた着物の一枚を着ていくことにした。

ひなは、ウメが譲ってくれた母の着物の他には、実家で着ていた継《つ》ぎ接《は》ぎで何度も直した着物しか持っていなかった。

ひなに着物の手持ちがないことにも、タカ子は目敏《めざと》く気づいたのだろう。「お嫁さんが来たら、着てもらいたいと思っていたんですよ」と言って、品のよい着物を三枚ほど譲ってくれた。

母の着物は、慶び事にはよいが、街歩きをするには目立ちすぎる。

タカ子がくれた落ち着いた色味の着物が、街を歩くにはちょうどよいとひなには感じられた。

「では、参りましょうか」

玄関で待っていた鷲一郎は、出勤時とは異なる和装の出《い》で立ちだった。

薄ねず色に焦げ茶の絣《かすり》模様が美しい着物と羽織は、上等なことで知られる大島紬《おおしまつむぎ》だ。

これまた出勤時とは異なるソフト帽を被り、片手にはステッキを持っている。

ひなは、思わず感嘆のため息をついた。

「鷲一郎さんは、和装もよくお似合いなのですね……」

「気に入ってくれたならよかった」

「ステッキもかっこいいです」

「このステッキは、いざという時にひなさんを守る武器にもなるんですよ。さあ、行きましょう」

タカ子に留守を任せて、ひなは鷲一郎とともに玄関を出た。

汐見家の門前には、黒塗りのT型フォードが一台停《と》まっていた。

鷲一郎が呼んでおいてくれたらしい。初めての車にどきどきしながら、ひなは鷲一郎の手を借りて乗り込んだ。

通り過ぎてゆく道々では、桜が満開だ。

ひなはその光景に目を輝かせる。

（そうだった……この街は、こんなにも美しかった……）

昔、父が生きていた頃に見た帝都の景色を思い出して、ひなは目を細めた。

父が亡くなってから、外の美しさに目を向ける余裕はなくなった。実家の屋敷からの外出は、家の用事をこなすために屋敷の周辺の店等に行くだけ。用を済ませたあと早々に屋敷に戻らねば、義母から冷たく叱られる。

ひなの暮らしは、そういったものだった。

（……もう、叱られないのね）

この美しい景色に目を向けていても、罵倒されることはない。それが、ひなにはまだ不思議だった。

義母のことを思い出し、思わずそわそわしてしまう。

ひなは傍らの鷲一郎の様子が気になり、ちらり、と覗き見た。

「？　どうかしましたか、ひなさん？」

「い、いえ……何でもありません……」

「具合が悪くなったりしたら、遠慮なく言ってくださいね」

にこり、と鷲一郎が穏やかに微笑む。

もし義母相手だったなら「何を見ているのよ」と不快感も露わに言い放たれていたことだろう。そういう時は、いつも身体が凍りつくような感覚になっていた。

けれど、ここは温かい。

「……大丈夫です」

鷲一郎に応じるように、ひなは微笑んだ。

二人を乗せた車が向かったのは、日本橋にある百貨店だった。

白煉瓦の眩い、地上五階建ての洋風建築。

車から降りた瞬間、ひなは眼前に聳《そび》え立つその近代的な壮麗さに見惚れてしまった。父が生きていた頃には、まだなかった建物だ。ゆえに、ひなは初めて見た。

「ひなさん、参りましょうか」

「は――はいっ」

鷲一郎に声を掛けられ、我に返ったひなは慌てて追いかけた。

とはいえ、初めて見る百貨店のきらきらした光景に、ひなは大いに混乱していた。

動く階段・エスカレータアも初めてである。

「きゃっ……」

エスカレータアに乗った瞬間、ひなは思わず目の前に立った鷲一郎の腕を摑んでしまった。

鷲一郎が振り返る。

「大丈夫ですか、ひなさん？」

「す、すみませんっ……」

「そのままで構いませんよ。なんなら、しっかり掴まっていてください」

何てことないというように、鷺一郎は笑いながら言った。

足元が心もとなかったひなは、顔を赤らめながらも、彼のその言葉に甘えることにした。

男女が人前で手を繋いで歩くことは未だはしたないこととされているが、鷺一郎は気にしていないようだ。海外で生活したことがあるからだろうか。

鍛えられた彼の腕は、ひなが掴まっていてもびくともしない。その頼もしさは、見知らぬ場所に怯えていたひなに安心感をもたらした。周囲を見渡す余裕も生まれる。

（ここには何もかもがあるみたい……）

百貨店の中の様子に、ひなは目を輝かせる。

この百貨店は、元々は老舗の呉服屋だった。

それもあって、着物や反物も豊富に取り揃えられている。

しかし、畳の上で品定めを行う座売りの方式も、今はもう昔のこと。現在では、欧米に倣って棚に陳列されたものを立ったまま自由に眺められるようになっていた。

カラフルな反物がガラスケースの中に並び、仕立てられた着物も吊られて宙に浮いている。

「ひなさん。好きなものを選んでください」

鷺一郎が言った。

ぼんやりと色とりどりの空間を見つめていたひなは、その言葉に我に返る。

「好きなもの……？」

「ええ。どれでも構いません。ひなさんが気に入った、着物でも、反物でも」

「え」

「一枚二枚では足りないでしょう。よそ行きの袷《あわせ》に単衣《ひとえ》……ああ、これからの季節は薄物、羽織——浴衣も要りますよね」

「え、ええ？」

「帯も三本は必要でしょうか。あとは着付けの際に必要なものがあれば、この際まとめて買っていきましょう」

「えええ……？」

気前がよすぎる鷺一郎の提案に、ひなは百貨店に入る前よりも怖気《おじけ》づいた。

そんなひなの様子に気づいたのだろう。鷺一郎は、安心させるように説明する。

「大丈夫ですよ。言ったでしょう、ひなさんに不自由をさせないだけの収入はある、と……ああ、もちろん貯金もありますのでご安心を」

「で、でも、鷺一郎さんのお金です。私のことで使っていただくわけには……」

「貯めることも大事ですが、金は使わなければ意味がない。そのまま貯める一方では、やがて死んでしまう。ですから、ひなさんに――近い未来、妻になってくれるあなたのために――使わせていただけませんか？」

ひなは口をぱくぱくさせた。

微笑む鷺一郎を前に、言葉が出てこない。

「……ありがとうございます。では、鷺一郎さんのお好みを教えてください」

「私の？　ひなさんの好みでいいんですよ？」

「できれば、鷺一郎さんのお好きな着物を……着ていたいのです……」

顔に熱が上がるのを感じながら、ひなはそう口にした。

鷺一郎は、一瞬キョトンとした。

だが、ひなの様子を前に、何を言われたのか理解したのだろう。同じように顔を赤くする。

「……照れますな」

「す、すみません……」

「いえ、ひなさんがそう言ってくれて嬉しいです。それでは、せっかくですので……」

言いながら、鷲一郎はひなの手元にあったガラスケースを覗き込む。

「その辛子色の反物はどうでしょうか？　向日葵《ひまわり》のようで、見ていると元気が出そうです。それから、あっちに並べられている薄浅葱《うすあさぎ》の着物は、ひなさんによく似合いそうだ。文様は、個人的に青海波《せいがいは》が好きですが――」

鷲一郎の示す先へ、ひなは視線を向ける。

そこでようやく着物の一枚一枚が目に入ってきた。

それまでは、見てはいけない、欲しがってはいけないものだ、と思っていたからだろう。視界が狭まっていたらしい。

「――というわけですが。ひなさんはどれがよいですかな？」

いくつかの着物や反物などを示したあと、鷲一郎がひなに視線を戻し、にこにこしながら尋ねた。

ひなは、おずおずしながらも、鷲一郎が進めた着物の一枚を指差した。

「それから？」

「え、ええ……？」

「一枚では足りないと言ったでしょう？」

「じゃ、じゃあ……あちらの……」

「それから？」

「えぇっ……」

「遠慮しないでください。それに、ひなさんに二枚しか買わなかったとあれば、帰ったあと母に叱られます。どうか私を助けると思って。ね？」

ずるいです、とひなは思った。

そんな風に言われては断れない。

それを分かっていて、鷲一郎は言っている。

彼は賢い大人なのだ。狙って発言していないわけがない。

「……では、お言葉に甘えます」

「甘えなどではありませんよ。ひなさんが当然のように享受していい、権利のようなものですから」

「権利……？」

「ええ。だって、あなたは私の妻、我が家の家族になる人なのですから」

彼のその言葉に、ひなははたと固まる。

急に救われたような気持ちになったのは、実家での扱いを思い出したからだ。

鷲一郎の言う、当然のように享受する権利……それを実家では奪われていた。これまではそんな風に考えないようにしていたが、ひなは自覚してしまった。

やはり義母と義妹にとって、自分は家族ではなかったのだ……。

「……そうだったのですね」

「えっ？」

ひなの落とした呟きに、鷲一郎は困惑した顔になる。

噛み合わない返答をしたことに気づき、ひなは慌てて訂正しようとした。

「いえ、あの、今のは……」

「そうなのですよ」

言い聞かせるように、鷲一郎が真面目な顔で言った。

それから彼は、そっとひなの手を取り、優しく握りしめた。

「ひなさん。あなたは私の妻になる人で、我が家の家族になる人なのですよ」

大きくて無骨な手。

その確かな存在感に、伝わってくる温もりに、ひなは実家にいた過去から〝今この瞬間〟に引き戻された。

（私の家族は、もう……お義母様や喜巳じゃないんだわ……）

鷺一郎とタカ子が、自分の家族になる。なってくれる。

それを改めて実感して、ひなの胸が温かくなった。鷺一郎の手から伝わった温もりが、ようやく胸の奥底まで届いたようだった。

重たい身の上話を受け止めて貰ってから、十日が経つ。

実家に帰れと追い返されるのでは……そう怯えていたのが過去の話になりつつある。

（……鷺一郎さんの、奥さんに……汐見家の家族になりたい）

自分の奥底から、今までになかった欲求が急激に湧き起こる。

それに気づいたひなは、嬉しいやら申し訳ないやら。鷺一郎の言葉に頬をそめたまま、こくん、と頷くことしかできなかった。

◆◇◆

購入する着物や反物を選び終えて、二人は百貨店を出る。

「あれ？　おひなちゃん？」

名を呼ぶ声に、ひなは思わず振り返った。

羽織袴にカンカン帽を被った男。

目を凝らして相手を見れば、知った顔だった。何より、その名で呼ぶ者は一人だけだ。

「実鶴さん？」

「あ、やっぱりおひなちゃんだ！　こんなところで会えるなんて奇遇だね」

薬屋の主・実鶴は、そこでひなの隣を歩く鷲一郎に気づいたらしい。被っていたカンカン帽を取り、頭を下げて挨拶した。

鷲一郎がひなに囁く。

「お知り合いでしたら、待っていますよ」

「すみません。少し話してまいりますね」

そう断りを入れたあと、ひなは鷲一郎の元を離れて実鶴に歩み寄った。

「実鶴さん、先日はお世話になりました。お買い物ですか？」

「百貨店の中を眺めにね。ここは色んなものがたくさんあって楽しいからさ。おひなちゃんは買い物？」

「はい。着物を見てまいりました」

「そっか……ところで、あちらの方は？」

「か、家族……に、なる方……です……」

俯きがちに、ひなは言った。

自分で言うのが恥ずかしくて、顔に熱が上がるのを感じたからだ。

「ああ、もしかしてお義母さんが再婚されるのかな？」

「…………………え？」

「え？」

ひなの疑問の声に、実鶴がキョトンとする。

その表情を見て、ひなは彼がどんな誤解をしているのかに気づいた。

「ち、違いますっ！　あの方は、義母の再婚相手ではありません！」

「え、じゃあ」

「わ……私の、旦那様になる方です」

言った瞬間、ぽっ、とひなは頬を染めた。

その様子に、ようやく合点がいったのだろう。実鶴は手を打つ。

「ああ、そういうことか！　おひなちゃんの、なるほど！」

「……親子に見えましたか？」

「いや。僕が勘違いしてたから……おひなちゃんが店に来た時の話で、相手がいないものだと思ってたからさ」

「え？　私、何か誤解させるようなことを……？」

「僕が『旦那さんがいないなら』みたいなことを言ったと思うんだけど、おひなちゃん、否定しなかったでしょう？　結婚もまだだって話だったから、てっきり結婚の予定なんかもないいんだなって思っちゃったっていうか」

「あ……」

会話の内容を思い出して、ひなは青褪《あおざ》めた。

夫がいないのは嘘ではなかったが、婚約者がいるとは言わなかった。

鷲一郎とは婚約の手続きが済んでいない状態であり、ひなはまだ、正確には婚約者未満である。

だから堂々と言えなかったのだ。

その結果、実鶴に誤解を与えてしまった。

「も、申し訳ありませんでした。私の説明足らずで……」

「気にしないで。僕の思い込みでもあったわけだしさ……」

実鶴が、ちら、と鷲一郎のほうを見た。

しかしすぐに逸《そ》らして、ひなに笑みを向ける。

「……そっか。あの人と結婚するんだね」

「ま、まだ――」

——確定したわけではないのですが。

そう言おうとして、ひなは言葉を呑み込んだ。

正確に伝えることは大事だ。

けれど、もっと大事なことがある。

「——はい。そのうち」

口にした瞬間、ひなは微笑んだ。

まるで甘い砂糖菓子を口に含んだように、自然と頬が緩んだのだ。

その表情の意味するところは、実鶴にも伝わったようだった。

「そっかぁ〜。いいご縁だと思ったんだけどなぁ」

「えっ？　い、いいご縁ですよ……？」

「おひなちゃんと、あの紳士な旦那はね」

「？」

実鶴の言葉の意味がよく分からず、ひなは目を瞬かせる。

その様子を前に、実鶴はおかしそうに、ふふっ、と笑った。

「おひなちゃん。ちょっと早いけど、おめでとう。お幸せにね」

「あ、ありがとうございますっ……！」

「薬もまた買いに来てね。じゃあ、今後もご贔屓《ひいき》に」

「はい、また！」

そのやり取りを最後に、実鶴とひなは手を振り合いながら別れた。

ひなは急いで鷲一郎の元へ戻る。

鷲一郎は、人の流れの邪魔にならない、少し離れた場所で待っていてくれた。

「鷲一郎さん。お待たせしました！」

「もうよろしかったのですか？」

「はい。お話はできましたので」

「ところで、どのようなご関係の方だったのですか？」

鷲一郎が尋ねてきた。

その視線は、実鶴が消えた道の先に向けられている。

「ああ、すみません、ご紹介もせず……父が存命だった頃からお世話になっている薬屋の、現在のご主人です。先日も薬の材料を買わせていただきました」

「ああ、あのよく効く薬の」

ひなの説明に、鷲一郎は納得したらしい。

しかし、納得のいっていない部分もあったようだ。

「その、ずいぶん親し気な間柄にも見えましたが、よく知った仲なのですか？」

「子どもの頃に、何度か会ったことがあったのです。話したのは一度きりでしたが、薬屋を尋ねた際は顔を合わせていたので、それで親し気に見えたのかもしれません」

「なるほど……昔馴染み、ですか……」

「あの……そんなに親し気に見えましたか？」

実感がなく、ひなは首を傾げる。

ひなの反応に、鷺一郎が苦笑しながら答えた。

「そうですね。私とよりは」

「え」

ひなは驚いて鷺一郎を見た。

……彼の目に、どこか悪戯《いたずら》っぽい光が宿っている気がする。

その視線にドキッとして、ひなは慌てて言葉を探した。

「し、鷺一郎さんとは、まだ出会ったばかりですし……」

「仰るとおりだ。これから、もっと親しくなりますしね」

「も……もちろん、です……」

ひなは頬を赤らめながら頷く。

鷲一郎から、妙な圧を感じた気がした。
だが、その原因が何なのかは、この時のひなにはとんと分からないのであった。

第五章　酔いと争い

その日、海軍軍令部に出勤した鷲一郎は、珍しく朝から不機嫌だった。

どれほど不機嫌だったかというと、部下はいわずもがな、上司にまでそれが分かってしまうほどだった。

「異常事態だぞ」

湊中将が、塩気の強い梅干しでも食べたような顔で言った。

部長室へとやって来ていた鷲一郎は、中将宛ての郵便物を執務卓の向こうへ差し出したまま目を瞬く。

「何がでしょう？」

「様子がおかしいのだ」

「はて……例の、保守派の動きのことでしょうか」

「奴らの様子がおかしいなんてのは、いつものことだろう。野放しにすれば己らの好き勝手に国の形を変えてしまうし、まったく厄介な奴らだ」

「同感ですね」

「……そうではなく、動きが怪しいのは貴様のことだ、汐見大佐。一体どうしたというのだ？」

「はて。なんのことでしょうか」

鷲一郎は首を傾げる。

まったく身に覚えがないとでもいうようなその反応に、湊中将は海上で遠くの船影をまじまじと確かめるように目を細めた。

「とぼけるでないわ。まるで近海に敵影でも見つけたようにピリピリしとるではないか。貴様の珍しい怒気に、ここは戦地の艦上かと部下どもが怯えておるわい」

「それは……失礼いたしました」

鷲一郎は訳を話そうとして、やめた。

周囲の人間を自分の感情の高波に巻き込むのは間違っている。それが分かっていながら、己を御せていなかったことを反省したからだ。

（この年になってなお、か。鍛錬不足だな……）

表情ひとつ変えぬまま、鷲一郎は内心でため息をついた。

だが、それとは対照的に、湊中将は深いため息をつきながら、欧米諸国の人間と接する時のように幅広の肩を竦めてみせた。

「本当にどうしたのだ。お前らしくもない。そういうのは儂の専売特許だぞ……悩んでいることがあるならしっかり話せ」

「心が乱れておりましたことは謝罪いたします。以後、気を引き締め直して業務にあたりますので――」

「待て待て待てぇ！　そうではない、理由を聞いとるんだ！」

「軍務についての悩みではありません。己の精神的な弱さが招いたこと、中将のお時間を頂戴するまでもないかと」

「ほう、弱さか。では軍人精神注入棒が必要か？」

軍人精神注入棒とは、硬い樫《かし》の木で作られた、いわゆる『しごき』用のバット様の棒のことだ。

軍内で、上官が新入りや下士官に対し、尻に叩《たた》きつける形で用いている。躾《しつけ》や教育の一環だとされているが、過酷な体罰であり、時に死者すら出ることもあった。当然、進んで受けたい者などいない。

しかし、湊中将の提案に、鷲一郎は淡々と返した。

「中将がそうご判断されるのでしたら」

「いらんいらん！　お前には冗談も通じんのか。陸で貴様の腕以外を破壊したりすれば、儂が大臣らから責められるわ！」

中将は顔の前で左右に手を振りながら言った。

それから、じろり、と中将は鷲一郎を睨《にら》む。

ここに下士官がいれば震え上がっていたことだろう、と鷲一郎は頭の片隅で思った。

「……で、だ。儂に二度も質問をさせるのか、汐見？」

上官にこうも問われて黙っているわけにもいかない。

鷲一郎は渋々、己の不機嫌の理由について説明することにした。

「……私の婚約者のことです」

「うん？」

疑問の声とともに、湊中将は眉を顰めた。

「想定していたことと何だか違うが――いや、何かあったのか？」

「昨日、男と一緒にいる姿を見てしまったものですから。それで」

鷲一郎は暗い表情でそう言った。

その話に、湊中将はたいそう驚いたのだろう。「な」と目と口を大きく開けたまま、一瞬固まった。

「なんだと！　まさか不貞か⁉」

「いえ、婚約もまだで――」

「婚約前にとは大胆不敵、何と不埒《ふらち》な！」

「お待ちください中将。そうではありません」

「では何だと言うのだ」

「婚約者が世話になっているという薬屋の店主の男が、街中で婚約者に声をかけてきただけです。ただ、昔馴染みだったそうで……」

鷺一郎の説明に、湊中将は目をぱちくりさせた。

「昔馴染みだと？　それで、なぜ貴様が不機嫌になる？」

「なぜ、ですか……」

問われて、鷺一郎は改めて考える。

認めるのには少々抵抗があったが、原因はすでにハッキリしていた。

「嫉妬……しているのだと思います」

「嫉妬……………お前が？」

「ええ。お恥ずかしい限りですが、どうもそのようで……」

鷲一郎は、思考を整理していくように淡々と説明していく。

「婚約者とその男が親し気に話していたことが気に入らないのでしょう。周囲の者に悟られてしまうほど感情の抑制が利かないのも、初めて覚えた嫉妬に翻弄されているのだろう……と愚考いたします」

言葉を口にしながら、鷲一郎は己に呆《あき》れていた。

嫉妬するなど、まるで子どものようではないか、と。

昔馴染みだという同じ年頃の男と一緒にいたひなを見て、自分のような年嵩《としかさ》の男よりもお似合いなのではと感じてしまった。年齢の差など、最初から覚悟の上で縁談を進めたというのに。

なのに、たった一度目にした光景で、心が揺らいでしまった。

ひなが自分などではなく、若い男と添い遂げる未来——それを模したかのように、現実で若い男と並ぶひなの姿を見て、鷲一郎は改めて考えてしまったのだ。

ひなにとって、その方が幸せなのではないだろうか、と。

自分よりも、その若い男と生きた方が、彼女にとってよいのではないだろうか、と。

（……私は年を取りすぎた）

内心、鷲一郎は小さくため息をついた。

この世に生を享《う》けて、四十六年になる。

ゆえに、己という人間について、とうに理解できていると思っていた。悩みや葛藤の類は、すでに似たような出来事で経験しきっていると思っていた。

……驕《おご》っていた、と鷲一郎は反省する。

腕を骨折するまで、一時、戦艦の艦長まで務めていたというのに。

（こんな未熟な人間が、艦上で指揮を執り、部下の命を預かっていたとはな……今まで艦が大破しなかったのは、運がよかっただけなのかもしれない）

理解できてなどいなかった。経験しきってもいなかった。

感情に振り回される自分が未だにいることを、この年になるまで気づかなかった。

だから、そんな自分に恥を感じたのだ。

同時に、不思議でもあった。

敵艦に弾を撃ち込まれた時も、味方艦が沈んでゆくさまを見た時も。鷲一郎が艦上で冷静でいられないことなど、これまでなかったのだ。なのに……。

（たった一度目にした日常の光景で、己はこんなにも揺らいでしまっている。なんと情けないことか――）

「何を恥じることがある。よいことだ」

鷲一郎の思考を遮ったのは、湊中将だった。

その顔を見れば、如何にも『解せぬ』という顔をしている。

「よいこと、でしょうか……？」

「ああ。嫉妬を覚えるということは、お前がまだ男だということだ」

「男ならば嫉妬はするもの……中将はそのようにお考えなのですか？」

「自分の女に変な虫が近づこうとしているなら？　あるいは、自分専用の港に敵艦が勝手に停泊しようとしていたら？　叩き潰そうとするのが男だろう。違うか？」

「……中将は好戦的であられますね」

「貴様とて、海の上では海神の化身だなんだと恐れられていたではないか。だから儂は貴様を気に入っているのだ。それとも海から離れた途端、腑抜けになったのか？　違うだろう？　貴様が敵と認定したのなら、男らしく海底に沈めてしまえ！」

「そんなことをすれば、婚約者に嫌われてしまいますよ。それに海の上とて、交戦前にまず退去するよう通告するのが先かと」

冷静な鷲一郎の言葉に、湊中将は毒気を抜かれたらしい。

椅子に深々と背を預け、はああ、と長いため息をついた。

「まったく……貴様は嫌になるほど真面目な男だな。艦上でもそうと聞いていたが、闘争心の欠片《かけら》も見せぬとは」

「お褒めに与《あずか》り光栄です」

「皮肉も入っとるぞ」

鷲一郎の淡々とした返答に、湊中将は目を細めて言った。

このやり取りに疲れたらしく、じっと鷲一郎を見て、ふん、と鼻息を鳴らす。

「……まあいいだろう」

湊中将は執務卓に両肘をつき手を組んで口を開いた。

それから緩い調子で話しだす。まるで、今しがたの興奮などなかったかのように。

「貴様が珍しく不機嫌を露わにしておったのでな。何か軍令部内で問題が起きたかと肝を冷やしたわ」

「ああ、なるほど……いらぬご心配をおかけして申し訳ありませんでした」

「心配ならもう一つあったのだがな。まあ、そちらが解消できたのでよいわ」

「もう一つ……？」

「若い娘が嫁いできたというのに、浮かれた話のひとつもない。お前が枯れてしまっておるのでは……と心配していたのだ。それについては不要だったようだな」

にやり、と湊中将が口角を上げた。

下世話も下世話な話である。鷲一郎は、冷えた目でスッと中将を睨んだ。

「枯れるも何も、まだお相手とは婚約も済んでいない段階ですよ」

「やれやれ……貴様は服を脱がねば海に飛び込めんのか。段階など踏まずとも、浮かれられるものだろうが」

「お言葉ですが、そのような考えなしの行動をするほど、私はもう若くも――」

言いかけて、鷲一郎は言葉を途切れさせた。

――もう若くもない。

発しようとしたその言葉が、言い訳のように感じられたからだ。

「……そろそろ失礼してもよろしいでしょうか。恐れながら、このあとも仕事が詰まっておりますゆえ」

「ああ、構わんよ。書状の伝達、ご苦労だった」

一礼して、鷲一郎は踵《きびす》を返した。

そうして扉を開け、部屋の外に出た瞬間だった。

「汐見大佐」

室内から呼び止められて、鷲一郎は扉を閉める手を止めた。

執務卓の向こう、湊中将が頬杖をついたまま真面目な顔で言う。

「お綺麗な順序を踏むのも、お前らしくていい。だが、後悔はせんようにな」

「……は」

一声、中将にそう応じて、鷲一郎は静かに扉を閉めた。

軍人というものは、死が身近な職業だ。

今でこそ特定の庁舎に出勤し毎日家に帰るという穏やかな暮らしをしているが、艦に乗り海に出ていた頃は、いつ命を散らしてもおかしくなかった。そして、再び海に出れば、その暮らしも元のひりついたものに戻る。

湊中将の言葉は、それらを踏まえた上で発されたものだ。

鷲一郎が陸にいるうちにと、上官たちが慌ただしく結婚に向けた話を進めようとしたのも、そういった軍人事情を踏まえているからである。

結婚相手と、ゆっくり愛を育む時間はない。

正確に言えば、あるかどうかも分からない。

だから、湊中将はあんな風に言ったのだ。鷲一郎が後悔をしないように、と。

（……そうは言ってもな）

扉の前で一つため息をついて、鷲一郎はその場をあとにした。

愛を育めないのなら、なおのこと。焦って手を出すなど、愚かな行為ではないか。

何せ、年齢差が二十七もあるのだ。

二十七年もあれば、赤子が成人になってもまだ余る。若いうちに出産すれば、その子どもの年齢も十を超えるだろう。それだけの時間の差が、鷺一郎とひなの間にはあった。

その差は当然、寿命の差にもなりうる。

ゆえに、ひなを未亡人として遺していってしまう可能性を、鷺一郎はどうしても考えてしまうのだ。

年齢を見ても、職業を考えても、死に近いのは自分の方なのだから。

もし早々に遺していってしまうようなことになった時、ひなが男の手に触れられず清い身体のままなら……蟠りもなく、彼女は別の相手と新たな人生を歩めるだろう。

(私は、ひなさんの枷《かせ》になりたくはない。幸せになって欲しい――)

鷺一郎は、これまでそう思ってきた。

だが、以前と異なり、その祈りのような願いは、わずかながら確かに形を変えていた。

そんな己の内面の変化に気づいたからだろう。

戻ってきた副官室の中で扉を閉めた瞬間、鷺一郎は、はたと固まった。

(――いや、違う。私は、彼女を私の手で幸せにしたい……そう思っているのか)

お国のために。

この国の、未来ある若者たちの幸せのために。

そういう気持ちで、鷲一郎は職務に励んできた。だからこそ、その若者の一人であるひなにも、幸せな未来を得て欲しいと願っていたのだ。

ひなが幸せになってくれるなら、自分との結婚はお飾りのものでもよかった。

ひなを幸せにしてくれるなら、自分以外の誰かでもよかった。

けれど今、当初抱いていたその考えは、変わってしまったらしい。

美しく花開くであろう若き婚約者の未来……その隣にいるのは、他の誰かではない、この自分がいい。

そう、鷲一郎は思ってしまった。

……否、今になって気づいたのだ。

出会って、たった十日ほど。二十七も年下の若い女性。

そのような相手に、自分が恋慕や独占欲といった感情を抱いているということに。

「……ままならんものだ」

鷲一郎は、深々とため息をついた。

女性として、妻として、年甲斐もなく想いを向ける。

愛する。

そんなつもりなど、なかったというのに。

容易く扱えていたはずの、己の心の舵。それがいつの間にか上手く扱えなくなっていることに、鷲一郎は今になって思い至ったのだった。

◆◇◆

鷲一郎が不機嫌だった理由は、翌日にはすっかり軍令部内に広まっていた。

湊中将のせいである。

しかし、言い触らされたというわけではない。

彼の人の声が大きすぎたために、部長室の外まで鷲一郎との会話内容がほぼ筒抜けだったのだ。鷲一郎は頭を抱えた。

だが、悪いことだけでもなかった。

事情を知ったことにより、鷲一郎に対して怯えていた部下たちの反応が一転した。「なんと微笑ましい」「婚約者と仲睦《むつ》まじいのだな」と囁く部下たちから、親しみを込めた視線が鷲一郎へと向けられるようになっていた。

(悪くはないが、何だか厄介なことになってしまったような……)

副官室でううむ、と鷲一郎は唸《うな》った。午前のうちに捌《さば》くべき仕事を早々に済ませたあと、一人、執務卓に着いた時のことである。

己を取り巻く状況について、鷲一郎は改めて考えた。

冷静沈着な大佐の心を波立たせた婚約者は一体どんな女性なのか、その二人はどこまで関係が進展しているのか……湊中将をはじめとした軍令部の皆が、並々ならぬ興味を持っているようだ。

それが、ひしひしと鷲一郎本人にも伝わってきている。

こういった下世話な好奇の視線に晒《さら》されることに、鷲一郎は慣れていない。

これまで女性関係の浮いた話の一つもなければ、部下たちから自然と恐れられ敬遠される存在だったからだ。

部下たちは鷲一郎について話すことを命知らずな蛮行だと恐れていたし、当然、好奇の視線などを向けてくる部下も皆無だった。鷲一郎自身、敬遠されるように部下を罰したこともなければ、話の種にされたりしても素知らぬ顔を貫いてきたのに、だ。

自分に対して部下たちが心の壁を作っている――それに気づいた鷲一郎は、目下、その壁を取り除くことを課題にしていた。

そして、それは少し前まで、解決の糸口が見つからない難題だった。

だというのに、ここ最近その状況が、少しずつ自然と変化してきていた。

部下たちとの心の距離が縮まるのは、それを課題と考えていた鷲一郎としても望ましいことである。

(……ひなさんのおかげ、か)

鷲一郎の頭に、婚約者のことが自ずと浮かぶ。

ひなが汐見家にやって来てから、以前より自分の心の中が分かるようになった。

まるで海図にない暗い海の底が照らされて、そこがどんな地形だったのか、初めて把握できたかのように。

あるいは、ひなとの出会い自体が、初めての艦に乗り込み、未知の航路へ進入するようでもあった。

だからこそ、珍しくたどたどしい様子の上官に、そういった艦や航路に慣れている部下たちは親近感を覚えたのだろう。

そして、それは恐らく、

(……よい変化、なのだろうな)

厳格な上下関係は、軍人にとっては当然のもの。

だが、部下たちとの心の距離が縮まれば、彼らが心のうちを晒してくれることにも繋がる。それが艦の中だけでなく、組織の中で良好に作用することは、これまでの経験上、鷺一郎にも分かりきったことだった。

結局、何事も人がすること、人の手で行うことだ。

ゆえに、人と人との関係がよければ、その結果も自ずとよくなる傾向にある。国同士の関係がよければ、戦もおいそれとは起きぬというものだ。

(人は、この年でもまだ変われるのだな)

自己の変化を実感しながら、鷺一郎は椅子の背に凭《もた》れて目を閉じる。

隙のない完璧な軍人たれ――そう鷺一郎は考えてきた。

だが、隙のない者は『人間』という存在から遠退き、『人ならざる者』として周囲から遠巻きにされることも少なくない。そうして孤独になっていった優秀な者たちを、鷺一郎は知っている。

孤独や孤立を避ける。そのためにも、人間らしさを失わぬことは大事なのかもしれない。

ひなを想い慕う気持ちも、そういった人間らしい大事な心の動きだ。

そのように考えれば、何も恥じることなどないのかもしれない。

(とはいえ、こんな状況も初めてだからな。何だか気恥ずかしいというか、落ち着かないというか……)

そんな風に、鷲一郎が考え事をしていた時だった。

「失礼します」

外から声掛けがされたのち、副官室の扉が開いた。

一人の部下が室内に入ってくる。

鷲一郎に一礼した部下は用件を述べた。

「汐見大佐にご来客です」

「？　誰だ」

部下の言葉に、鷲一郎は眉を顰める。

思い当たる相手がいなかったからだ。今日は一日、自分への来客の予定はなかったはず。何より指名されているので、間違いなく鷲一郎への来客である。

副官は他にもう一名在籍しているが、非番のため副官違いというわけでもなさそうだ。

(誰かは知らんが、急ぎの用があっての訪問だろうか？)

鷲一郎は思わず身構えた。

こういった予定外の訪問がある時は、大抵よくない話であることが多く、そうであれば部内も忙しくなるからだ。

……だが、どうも様子がおかしい。

部下の表情には、堪えても漏れ出てしまったらしい微笑みが滲んでいる。

どうした？　と問う前に、鷲一郎はその意味を知ることになった。

「ご来客は『若枝ひな』と名乗る女性です。玄関受付にて汐見大佐とのご関係をお伺いしたところ、大佐の婚約者だと――」

部下からの報告を皆まで聞く前に、鷲一郎はガタッと椅子から立ち上がっていた。

「報告ご苦労」

そう一言伝えて部下を下がらせたあと、鷲一郎も急いで副官室を出た。

艦内を甲板から船室へと移動するように階段を駆け下りて、鷲一郎は客人が待つ玄関受付へと向かう。

と、階段を下りきる前に、階下から話し声が聞こえてきた。

「汐見大佐が乗り込んだ艦は、環境がよくなると専《もっぱ》らの評判なのですよ」

自分の名が耳に届き、鷲一郎は思わず足を止めた。

弾むような調子の声は、とある部下のものだ。

それに対して相槌《あいづち》を打つ感嘆混じりの声は、ひなのものである。

「まあ、そうなのですね」

「ええ。汐見大佐が直接指揮を執らずとも、艦長が大佐の助言をそのまま採用することも多かったのです。連合艦隊の司令官も大佐の意見を重視しており、先の海戦での勝利にも繋がりました。それだけ大佐は優れた戦術立案をされるということです」

「はあー……やはりご立派な方なのですね」

「ええ。軍内部でも『海神の化身』などと呼ばれ、指折りの傑物として新兵でも知らぬ者はいないほどです。私も、大佐には憧れておりまして――」

「んんっ、ごほん！」

部下の話を遮るように、鷲一郎は咳払いをした。

気づいた部下が、口を噤《つぐ》み一礼する。さらに「失礼いたします」とひなにも一礼、足早にその場から立ち去った。

「ああ、鷲一郎さん。お仕事中にお呼び立てしてしまい、申し訳ありません」

頭を下げるひなに、鷲一郎は気にしていないと首を横に振った。

「構いませんが、どうしました？　何かあったのですか？」

「特段、何かあったわけではないのですが……実はお義母さんから、鷲一郎さんにお弁当を届けるように仰せつかったもので」

「弁当？　母から、ですか？」

鷲一郎は首を捻る。

弁当は準備に手間がかかるし、海軍軍令部のある庁舎には食堂もある。

普段、鷲一郎はその食堂で昼食は済ませていた。当然、タカ子も知らない話ではないのだが……。

「いえ。作ったのは私なのです」

「ひなさんが？」

「はい。私が──」

そこまで言って、ひなははたと何かに気づいたように固まった。

「──あの。もしかして、ご迷惑でしたか？　帰りのお荷物にもなってしまいますし」

「いえ、滅相もない」

鷲一郎はひなの手から弁当を受け取る。

それから、にこりとひなに笑いかけた。

「嬉しいです。とても」

「ああ、それならよかった……では、私はこれで。失礼いたしました」

「ひなさん、待ってください」

仕事の邪魔をせぬ配慮からか、早々に立ち去ろうとするひな。

それを呼び止めて、鷲一郎は弁当を落とさぬよう両手で掲げてみせた。

「ありがとうございました。これ、大事に食べますね」

その言葉に、ひなは恥じらうように微笑む。

そうして会釈をしてから立ち去るひなの後ろ姿を、鷲一郎はその場で見送った。

(家まで送っていきたい……と、いかんいかん。仕事中だ)

自然と湧いてきた過保護な気持ちを振り払い、弁当を手に副官室へと戻る。

ちょうど昼食をとる時分だったので、執務卓へと帰り着いた鷲一郎は、さっそくひなの弁当を開けることにした。

「どれどれ……」

二段の重箱の一段目の蓋を開ける。

大きめの握り飯が三つに、漬物が添えてあった。

二段目には、鰤《ぶり》のたまり醤油焼きや、豆腐に卵や野菜を入れて蒸したぎせい豆腐、根三つ葉の胡麻《ごま》和《あ》えなどが並んでいる。

「これは思いがけず豪華な昼飯になったたな」

思わず微笑んで、鷲一郎は握り飯に手を伸ばした。

ひとつはシンプルな塩むすび。もうひとつは梅干し。最後のひとつは塩鮭のようだ。

鷲一郎は、おかずをつまみながら握り飯を頬張る。

ひなの炊く米が美味いことは、日々の食事からとうに知ったことだ。

それでも、硬くもなく脆《もろ》くもない絶妙な握り加減、味の塩梅が、鷲一郎の食欲を増進させた。おかずも、冷めても美味しいように味付けの工夫がされている。

ひなの手料理の味は、タカ子のものともまた違うものだ。

だが、それらがすでに自分の舌に馴染んでいることに、鷲一郎は改めて思い至る。母の味以上に、妙にしっくりくるのが自宅での食事のたびに不思議だった。

それは弁当になっても変わらない。食が進む。

何より、ひながわざわざ作って持ってきてくれたものである。

味も然《さ》ることながら、その事実が鷲一郎には嬉しかった。ほのかに胸に滲み出てきたその喜びを噛みしめるように食べていると、思わず頬も緩んでしまう。

そんな自分の様子にはたと気づいて、鷲一郎は表情を締めた。

「……子どものようだな」

ひなの目に、自分はどのように映っただろうか。

無意識に弁当にはしゃいでいた己の姿を顧みて、鷲一郎はそんな風に少し心配になったのだった。

◆◇◆

（鷲一郎さん、かっこよかったな……）

洗濯物を畳んでいたひなは、手を止め、ほう、とため息をついた。

軍令部に弁当を届けたのが、先刻のこと。そこで見た鷲一郎の姿を思い出したがために漏れ出たため息だった。

鷲一郎は、毎朝スーツを着て職場へと向かう。

だからひなが彼の軍服姿を見るのは、今日が初めてだった。

彼が海軍の高級将校だとは、ひなとてこれまでも分かっていたつもりだ。だが先刻になって、そこに初めて具体性の高い実感が伴った。

だからだろう。

軍服をまとった彼の姿に見惚れたと同時に、ひなの心の奥底に沈んでいたはずの懸念が浮かび上がってきてしまった。

（……私が鷲一郎さんの結婚相手で、本当にいいのかしら）

もし鷲一郎に問えば、もちろんだ、と肯定してくれるだろう。

だが、ひなにはそれが申し訳なかった。

彼の優しさが言わせた言葉なのでは、ときっと考えてしまう。妻として相応しい人間になろう……そう決めたのに、不安になってしまっている。

自信がない。それゆえに揺らいでしまうのだ。

「ひなさん？　暗い顔をして、どうしたんですか？」

背後から問うてくる声に、ひなは悩みが絡み合う思考の海から浮上する。

タカ子が、こちらを見ていた。

ひなは一瞬だけ躊躇ったものの、義母の優しい眼差しに、抱えていた思いを口にすることにした。

「先刻、お義母さんに言われたように、鷲一郎さんにお弁当を持って軍令部へと行って参りましたが……私、鷲一郎さんの軍服姿を初めて拝見しまして」

「あら、初めてだったのね。そう言えば、鷲一郎、家には軍服を着て帰ったことがなかったかも……そう、それで？」

「鷲一郎さんは立派な方なんだなって、改めて思ったんです。思い知った、というか……」

ひなが話しているうちに、タカ子の目がほのかに険しくなる。

何か失言があっただろうか、とひなが困惑していた時だ。

「ひなさん。もしかして、鷺一郎が怖かった？」

そのタカ子の言葉に、ひなは思わずキョトンとしてしまう。

「え……？」

「あの子が偉そうな態度だったとか……それとも、軍令部の人たちに嫌な対応をされたとか？」

「いいえ、鷺一郎さんはとても素敵でした。軍令部でも、嫌なことなどは特に」

「では、なぜそんな暗い顔を……はっ。まさか、お弁当を届けさせたのが嫌だったとか」

鷺一郎の職場へ弁当を持っていって——そう提案したのは、タカ子だ。

それは、鷺一郎のことをもっと知ってもらおうという、息子の妻になる者に対する気遣いだった。ひな自身も、それは理解していた。

「い、いいえ！　そんなことはありません。むしろ鷺一郎さんの職場を拝見する機会をいただけて嬉しかったです」

「ああ、それならよかった。暗い顔をしていたから、てっきり嫌なことでもあったのかと……」

否定するひなに、タカ子はほっとしたように息をついた。

その様子に、ひなは慌てて説明する。

「そ、その、先ほど悩んでいたのは……実は、軍令部でお会いした鷲一郎さんが、あまりにも立派なお姿だったので。自分が鷲一郎さんの妻として相応しくないのではないか、と思ってしまって……」

「ええっ？　嫌ですよ、ひなさんたら！」

話を聞いて、タカ子は声を大きくした。びっくりしたらしい。

ひなも驚いて目を丸くした。

タカ子がこんなに声を上げたのは、腰を痛めた時以来だったからだ。

驚いた拍子に再び腰を痛めてしまうのでは、とはらはらするひなをよそに、タカ子はひなの目をじっと見た。

「あのね、ひなさん」

「は、はい」

真剣な義母のまなざしに、自然とひなの姿勢もよくなる。

「今でこそ海軍で立派な将校さんだけど……あの子も最初から今のような人間だったわけじゃないんですよ」

内緒話をするように、タカ子は声を潜めて微笑んだ。

言われて、ひなはポカンとする。

「そう……なのでしょうか」

「そうですよ。あの子にだって若い頃はあって、子ども時代も当然あって、親として困った時だってありましたとも……どんな風に困ったか、具体的に話したら叱られちゃうかしら。結構なやんちゃ坊主だったのだけど」

くすり、と笑うタカ子。

それに釣られて、ひなも笑みを零した。

「鷲一郎さんがやんちゃ坊主……ちょっと、想像ができません」

「ひなさんの前では格好をつけてもいますから」

「そうなのですか？」

「これも『余計なことを言って』と鷲一郎に叱られてしまうかもしれないけれど……あの子だって、ひなさんに好いてもらいたいんだと思いますよ」

「私に……鷲一郎さんが……？」

「ええ。だって、生涯を共にする結婚相手なんですもの」

生涯を共にする結婚相手。

タカ子の口から改めてそう言われた時、ひなの心に引っかかっていた魚の小骨のようなものが、するりと抜け落ちた気がした。

自覚がなかったわけではない。

けれど、実感はなかったのだ。

もしかしたら、何かの間違いだった、予定が変わった、と言われるのでは……そんな懸念をまだ捨てきれずにいたのである。

ひなは実家で十年もの間、塵《ちり》のように扱われてきた。他家に嫁ごうとも同じように扱われるのではという恐れは、たった十日では拭いきれぬほど根深く心に刺さっている。

……それでも、ずっとそのままではない。

一段、また一段と、ひなを過去に留まらせている錨《いかり》は確かに上がっていた。やがて、それが抜けて、前に進める日も遠くはないように思える。

それは鷲一郎と、目の前のタカ子のおかげだ。

「義母である私が聞くのは卑怯かもしれないけれど……ひなさんは、鷲一郎のことを好いてくれるかしら」

「もちろんです」

タカ子の問いに、肯定の言葉がすんなりとひなの口を衝く。

考えるより先に答えていた。

そして、答えたと同時に、ひなは実感した。

(私……鷲一郎さんのことが好きなのね。家族というだけでなく、父の代わりというわけでもない……夫になる一人の男性として)

ひなは、これまで恋を知らなかった。

情を向ける相手もいなかったが、何より自分が恋をしてよいとも思えなかった。

そして、出会って数日も経たぬ相手に気持ちを向けるなど、想像もしていなかった。

しかし今、ひなは己の心の変化に気づいた。

これが恋だと知ってしまった。

知らなかった頃には、もう戻れない。

「ひなさん、大丈夫？　顔が真っ赤よ？」

タカ子が驚いたように目を丸くして言う。

ひなは慌てて頬を隠すように両手で包み込んだ。

「だ、大丈夫です。これは、その」

「照れたのかしら？」

ふふふ、とタカ子が楽しそうに笑う。

否定できず、ひなは顔を赤くしたまま俯くしかなかった。

鷺一郎のことが好きだと、恋慕の情を抱いている自分に、気づいてしまったのだから。

――しかし、気づけば気づいたで、そのあとが大変だった。

鷺一郎が帰宅したあとのこと。

「ただいま戻りました」

「お、おお、おかえりなさいませっ！」

盛大に声を上擦らせるひなに、玄関に立ったまま鷺一郎がキョトンとした。

それから彼は、上がり框に立つひなの顔をじっと眺める。

「顔が赤い……どこか具合が悪いのですか？」

「い、いえ、すこぶる元気です」

「本当に？」

「はい！　か、顔が赤いのは、日焼けをしたのかも……」

答えてから、ひなは今がまだ初夏にもならない時期だと気づいた。

日差しはまだ柔らかく、ここ帝都の市街地では、よほどのことがなければ肌も赤くなったりはしない。

だが、鷲一郎はひなの言葉を真剣に受け止めた。

「なんと。肌が繊細なのですな。何か薬を――」

「いえっ！　大丈夫なのでっ！　これは……すぐに直るものですから」

「そうですか……それならよいのですが」

鷲一郎が少し屈んで、心配そうにひなの顔を覗き込んでくる。

どきどきして、ひなは思わず俯いてしまう。

自分の気持ちに気づいてしまったことで、鷲一郎の顔を意識せずには見られない。

だが、鷲一郎はそれ以上ひなを追及しなかった。

「弁当、美味しかったです」

上がり框に腰かけ、靴を脱ぎ揃えながら、鷲一郎が言った。

何を言われたのかと考える間が生じたひなに、立ち上がった彼は鞄から取り出した弁当箱を手渡した。中はすっかり空になっているらしく、軽い。

「よければ、また作ってもらえませんか」

「は、はい。もちろんです……あの、量は足りましたか？」

「ええ。大満足でした」

目尻に皺を寄せてにっこり微笑む鷲一郎。

それを見て、ひなは胸がキュッとなる。思わず空になった弁当箱を抱きしめた。

「また作ります。毎日でも」

「ああ、でも、ひなさんの負担にならない範囲でお願いしますね」

「負担だなんて、とんでもないです」

ひなは首を横に振ってみせる。

負担だとは本気で思っていなかった。

実家にいた頃のきつい肉体労働とは比べるべくもなかったし、何より、ひな自身が鷲一郎の弁当を毎日作りたいと思っていたのだから。


それから毎日、鷲一郎はひなの弁当を持参して出勤するようになった。

◆◇◆

ひなの汐見家での生活は、本人が抱いていた懸念をよそに、穏やかに続いていった。

懸念していた実家からの干渉も、一切なかった。

鷲一郎が若枝家の義母と取り交わした契約については、ひなも聞いている。それが効いているのかもしれない。

ウメには、ひなから一度、手紙を送っている。

義母と鷲一郎が交わした契約の内容からして、実家に連絡を取れば汐見家に迷惑がかかるだろう……そう思い、躊躇っていたひなの背を押して手紙を送らせてくれたのは、鷲一郎だった。ひなの気持ちを彼は慮《おもんぱか》ってくれたのだ。

健康を気遣うひなからの手紙に、ウメからの返信はなかった。

義母の目を避けて手紙を届けてくれた者によれば、健康上の問題などはなく暮らしてはいるようだ。だが、汐見家に迷惑をかけぬようにと返事を寄越さなかったらしい。

ひなは、そんなウメの気持ちを受け取ることにした。

今後もきっと、ウメをはじめ、家族のように接してくれた使用人の皆のことを忘れることは決してない。だが、若枝家から出た者として、徐々に気持ちを切り替えようと努めていこうと心に決めた。

今のひなには、守るべき新しい家がある。

胸が切なくなるような寂しさは当然あったが、それが巣立ちというものなのだろう。

帝都を彩る満開の桜はあっという間に散り、葉桜も終わって、気づけば紫陽花《あじさい》が美しく咲く頃になっていた。

海軍軍令部で鷲一郎たちが身に着けている軍服も、冬の海のような深い紺色から、夏空を漂う雲のような冴え冴えとした白へと変わっている。

そして、鷲一郎の腕の骨折は、軍医も感心する良好な経過を辿《たど》っていた。ほぼ完治と言って差し支えない状態のようだ。

(これはひなさんの薬湯のおかげだな……そういえば、そろそろ婚約の承認も下りる頃だろうか)

副官室で仕事の合間にひと息ついた鷲一郎は、毎日持参するようになったひなの弁当を広げながら、ふと頃合いではと思い出した。

婚約の申請から、かれこれ三月が経とうとしている。

しかし、未だに許可は下りていなかった。

(大臣たちが多忙なのだろうか……)

こういった、いつもと違う流れを感じる時、不意に過るのは戦争のことだ。

とはいえ、海軍大臣などからそのような通達もなければ、湊中将の様子から特に切迫した感じもない。部下たちの間からも、そのような噂は特に聞こえてこない。

（……単に各々方《おのおのがた》が忙しいだけならよいのだが）

何となく妙な予感を覚えるも、それがなぜなのかは鷲一郎には分からない。

むしろ、己がひなとの関係を急いているだけなのかもしれない、とも思える。

許可が下りれば正式に婚約。

そうなれば、次はいよいよ結婚なのだ。

（こうしている間にも許可が下りるかもしれん……式についてどうするか、帰宅後にでもひなさんと相談しておくとするか）

結婚式といえば、両家の親族が集って婚礼の儀式を行うのが一般的だ。

十数年前に宮中賢所にて行われた帝のご成婚は、神前式にて執り行われた。が、未だに結婚式というものは新しい概念であって、市井に浸透しきってはいない。

（ひなさんの事情を鑑《かんが》みれば、主流に倣うこともないだろう）

いずれにせよ本人の意思を尊重したい、と鷲一郎は考える。

が、婚礼に際し、一つ、鷲一郎にとっては大きな問題があった。

（……さすがに湊中将に酒を飲ませぬわけにはいかんか）

湊中将は、現職場の直属の上司である。

それだけでなく、現在の自宅を貸してくれたり、生活に必要な品を用立ててくれたりと、世話を焼いてくれている大の恩人だ。

しかし同時に、酒癖の悪さに関しては天下一品の御仁でもある。

結婚式のような祝いの場に呼ぶのは当然として、酒を振る舞わぬわけにもいかない。何なら鷲一郎の側が敢《あ》えて用意せずとも、中将自ら持ち込む可能性が高い。

さてどうしたものか……と、鷲一郎が弁当を食べながら考えていた時、部屋の扉がノックされた。

「失礼します」

扉を開けて入ってきた部下が一礼する。

鷲一郎は弁当に蓋をして傍らに除ける。

「お食事中に申し訳ありません。第二局より書類をお持ちいたしました」

「構わんよ。ご苦労」

「そちらの弁当は奥様の手作りですか？」

鷲一郎が書類を受け取ると、部下が話しかけてきた。

急ぎの用ではない時、こうして話しかけてくる部下が増えた。

風通しがよくなっている証拠だと鷲一郎は嬉しく思っているが、内容がひなの話になるので、尋ねられるたびにこそばゆい気持ちになる。

「まだ奥様ではないな。婚約も許可待ちの段階だ」

「しかし婚約前とはいえ、仲睦まじいご様子。羨ましいです」

その部下は、はにかむように口元を綻ばせて言った。

ひなはごく稀《まれ》に、鷲一郎への用事で軍令部にやって来る。その時の二人の様子をこの部下は見ていたのかもしれない。

照れ臭さを誤魔化そうとして、鷲一郎は眉のあたりを掻いた。

「……仲睦まじく見えるか？」

「ええ。初々しい恋人同士のようです」

「私が浮かれて見えるか？」

「い、いえ、そのようなことはありません！　ご気分を害されましたら――」

「いいや、君の言うとおりだ」

失言だと思い慌てて弁明しようとした部下に、鷲一郎は緩く首を横に振ってみせた。

キョトンとする部下。

それを前に、鷲一郎は苦笑を浮かべながら、小さくため息をついた。

「外からそのように見えているのだ、今さら隠し立てするまでもない。まったく、年甲斐もなく気ばかり急いているようで嫌になるよ」

「大佐。お言葉ですが、ご年齢はさほど関係ないかと」

「ふむ。君はそう思うか？」

「はい。身内の話で恐縮ですが、私の祖父母はお互いに長寿でして、晩年になっても出会った頃のような初々しさで連れ添っておりました。傍で見ていた孫の私が恥ずかしくなるほどで……年甲斐という点では、祖父母のほうがずっとなかったかと思います」

「それは微笑ましい話だな」

「微笑ましいのは大佐ですよ。あっ……いえ、調子に乗ってしまいました！」

「構わんよ。むしろ気さくに話してもらえてありがたい。部下と話す機会があまりなくてな、目下の課題としていたところだ」

「汐見大佐にも課題などあるのですね」

「何を言う。山積みだとも」

はは、と鷲一郎は苦笑した。

そんな鷲一郎の気さくな態度に、部下もそれまで以上に肩の力が抜けたらしい。

「汐見大佐がこんなに話しやすい方だとは存じませんでした」

「君から見て、私はどう見えていたんだ？」

「敵艦を容赦なく海に沈める、恐ろしい海神の化身だと……そのような噂を耳にしておりましたもので」

「まあ、噂は尾ひれが付くものだからな」

鷲一郎は誤魔化すように笑った。

それが事実かそうでないかにかかわらず、完全には否定しづらい部分がある。と、部下が「噂といえば」と別の話題を切り出してきた。

「大佐のお耳に入れておきたい噂があるのです」

「噂？　なんだ」

「実は、『戦艦雲取《くもとり》』のことなのですが」

その名に、鷲一郎の手が一瞬止まった。

戦艦雲取は、鷲一郎が一時、艦長として乗り込んでいた艦だ。大佐に任命されて以降ひと月ほど乗船していたが、腕を骨折、療養のために下りることになった艦でもあった。

不本意な形での離任に、後悔がなかったといえば嘘になる。ゆえに、その後の艦の様子はずっと気になっていた。

「雲取がどうしたのだ」

努めて自然に見えるよう、鷺一郎は部下に尋ねた。

「最近、乗員の中で船酔いを起こす者が増えているようです」

「船酔い？」

程度の差こそあれ、人間である以上、乗船すれば船酔いは起きる可能性がある。

特に、艦に乗り込んだばかりの新兵などは、胃の中のものすべてを吐くのが日常茶飯事だった。

「その言い方だと、海域が荒れている……等のよくある話ではなさそうだな」

「はい。交戦もなく、波は穏やか。船体の揺れも平常で、特段、艦の内外において環境的な変化はないとのこと。しかし、何人も不調を訴えている者がいるそうで……」

「雲取の所属は、横須賀鎮守府だったか。報告には上がっていないのか？」

「上がってはいるようです。私は横須賀に同期がおりますもので、彼と会った際に話を聞きました。軍医も、原因が分からず首を傾げていると。ただ、実は一番ひどい船酔いを起こしているのは艦長だそうで……噂というのは、さらにその……」

「なんだ？　勿体ぶらずに教えてくれ」

「……副長が、艦長に毒を盛ったのではと言われておりまして」

部下の口から飛び出した物騒な話に、鷺一郎は一瞬固まった。

雲取の副長は、鷲一郎が艦長を務めていた当時と変わっていない。そのため、噂の副長にも面識があった。

「雲取の副長は、広瀬中佐だったな」

内心の動揺を表には出さぬようにしつつ、鷲一郎は部下に尋ねた。

「はい」

「なぜそのような噂が？」

「他の将校が体調を崩す中で一人だけ、副長の広瀬中佐はピンピンしていたそうです。しかも素面《しらふ》だったそうで、艦長への下剋上を図ったのではと」

「まさか――」

鷲一郎は思わず否定の言葉を口にしそうになった。

広瀬中佐は、真面目で誠実な人物だ。

上官に対して下剋上の願望を抱くような人間ではない。

少なくとも、艦長だった当時の鷲一郎は、彼に対しそのような人柄だと感じていた。

「――広瀬中佐はもともと下戸だ。素面なのは、いつものことだよ」

かつて湊中将が悪酔いした際に、鷲一郎が庇った一人が広瀬中佐だ。

それ以前に、広瀬中佐が少量の酒で倒れたのを鷲一郎は見たことがあったので、中将にわざわざ逆らう形で庇うことになったのである。

「そうでしたか。では、素面であっても不思議ではないのですね」

「ああ。乗員の不調については気になるが、副長が艦長に毒を盛ったという話は、にわかには信じがたいな……。多くの乗員が不調になる方法で毒を盛れば、艦が弱体化するだけだ。その艦に乗っている副長に得があるとも思えない」

「確かに仰るとおりです。毒云々は、噂に付き物の尾ひれでしょうか」

「そうであって欲しいが、雲取の状況がよろしくないことには変わりないだろうな……教えてくれたこと、感謝する。また何か耳にすることがあれば報告して欲しい」

「あ、では、もう一つよろしいでしょうか」

「ああ。ぜひ教えてくれ」

鷲一郎は気さくな調子で言った。

すると、部下はいっそう声を抑えて、その噂話を口にした。

「実は……近々〝偽旗作戦〟が行われるのでは、と」

「偽旗作戦だと？」

鷲一郎は目をぱちくりさせた。

偽旗作戦とは、降伏を意味する白旗や偽の国旗を掲げて騙《だま》し討ちする、軍事作戦の一種だ。

そして、ここは軍令部――軍の作戦を立案する場所である。

そのような作戦を行う予定があるのなら、鷲一郎も把握しているはずだった。

しかし、直近でそのような作戦の予定はない。

艦隊等が軍令部を無視して独断で作戦を進めることもある……が、部下が口にしたのは、そういった話でもないらしい。

「そのご反応ですと、大佐のお耳には入っていないようですね」

「ああ、初耳だな」

「その……作戦を行おうとしているのは、〝保守派〟の一派のようでして」

部下のその言葉で、鷲一郎はハッとした。

「……なるほど。詳しく聞かせてくれ」

執務卓に身を乗り出すようにして、鷲一郎は傾聴の姿勢を見せた。

軍の中には、古くから〝派閥〟というものがある。

特に、同郷の者同士が結びつくことで、派閥というものは作られてきた。

人事などの面において、特定の出身地の者が優遇されてきた結果、それらは肥大していった。中でも、旧薩摩《さつま》藩・長州《ちょうしゅう》藩は群を抜いて巨大な派閥を形成しており、その繋がりは陸海軍の垣根すらも超えている。

　薩長ほどの大人数ではなかったが、鷲一郎が海軍兵学校に通っていた頃も、同じ旧土佐藩出身者たちで固まることが多かったものだ。

　だが現在、そんな風に出身地で結びついたわけではない、新たな派閥が生まれていた。

　それが、『革新派』と『保守派』だ。

　国の政治に軍部が強い影響を及ぼしてしまう、不均衡な現状を変えようとする『革新派』。

　それに対抗する、軍部が政治の舵を取れる現状を維持しようとする『保守派』。

　海軍内でも、その新たな繋がりで形成された二つの派閥が、水面下で密《ひそ》かに争っていた。

　鷲一郎自身は、どちらの派閥にも属していない。

　だが、海軍内の潮流を無視することもできない。派閥抗争の激化は、かねて懸念してきたことだった。

「保守派の一派は、敵国に偽装した艦を用いて帝都を襲撃しようとしているようなのです」

「世論の誘導か」

　鷲一郎の言葉に、部下は「ええ、恐らく」と相槌を打った。

帝都が敵国に攻め込まれたとなれば、民意は軍備増強に傾く。たとえ被害が軽微であったとしても、『敵国に攻撃された』という事実だけがあればいい。それが保守派による偽旗作戦の狙いなのだろう、と鷲一郎は推察した。

「この話、私以外の誰かには話したか？」

「いえ……汐見大佐に話したのが初めてです」

「なぜ私には話してくれたのだ？」

「汐見大佐は、保守派ではないと思ったからです。この話は初耳だと仰いましたし」

「私がデコイだったらどうする」

「えっ」

「安心しろ。可能性の話だ」

素直な考え方をする部下に、鷲一郎は注意を促した。

話を知らなければ、保守派の一派に属する人間ではない……と考えるのは浅はかだ。人は嘘を吐《つ》く。相手が鷲一郎だからよかったものの、もし隠れた保守派だったならば、部下の判断は命取りだ。

「た、確かに。ご指摘、感謝いたします」

「うむ……それで、だ」

　鷲一郎は、前のめりだった姿勢を元に戻す。

　そうして部下に尋ねた。

「君は、確か保守派の人間だったな」

「……はい」

　部下は神妙な顔で頷いた。

　軍令部内の人間がどの派閥に属しているのか。それを鷲一郎は把握していた。

　海中のどこに機雷が潜んでいるのかを知らず、闇雲に船を動かすのは危険だ。同様に、慎重に人を観察して情報を集めていたのである。

　それは、艦に乗っていた時も同じだった。

　特に、艦という逃げ場のない限られた空間の中で誰がどの派閥に属しているのかを知ることは、無闇な争いを避けるためにも大事だった。

「保守派の君が私にこの話を教えてくれたのは、この偽旗作戦をよく思っていないから……違うか？」

「はい。大佐の仰るとおりです。私は、国を守るために軍備を増強すべきと考えております。しかし、護るべき帝都に砲を向けることは間違っていると思うのです」

「なるほど。明瞭だな」

部下の言葉に嘘はないと判断し、鷲一郎は頷いた。

「君は、できればこの作戦を止めたい、と思っているのだろう」

「はい」

「分かった……では、手を打とう」

ぱん、と両手を合わせて、鷲一郎は椅子から力強く立ち上がった。

◆◇◆

夕刻。

いつもどおり、仕事を終えた鷲一郎が帰宅した。

しかし、出迎えに玄関まで出てきたひなは、彼の表情を見て戸惑った。

「あの……鷲一郎さん？　どうかされましたか？」

「はて。どうかしたように見えますか？」

鷲一郎が微笑みながら言う。

一瞬その様子に躊躇ったものの、ひなは思い切って伝えることにした。

「何だか、難しい顔をされているように見えたもので……」

何かに悩むような、疲れているような、そんな表情。

それを指摘したひなに、鷺一郎が苦笑する。

「分かってしまうものなのですね。普通にしていたつもりだったのですが……ああ、ひなさんは無関係ですからね」

「そう、ですか……あの、もしまだ腕が痛むようでしたら、何か効くものをご用意しますので仰ってくださいね」

「ええ、ありがとうございます。でも、ひなさんのおかげで、ほぼ完治だと――」

そこまで話して、鷺一郎は急に黙り込んだ。

ひなをじっと見て、何やら考え込んでいる。

その視線に、ひなの背筋が自然と伸びた。

鷺一郎に見つめられていると、何だか落ち着かない気持ちになる。海軍の新兵たちも同じ気持ちになるのだろうか、とひなが考えていた時だった。

「……あの、ひなさん」

「は、はい。何でしょう？」

「少し、話を聞いてもらってもいいですか？」

鷺一郎の申し出に、ひなは目をぱちくりさせた。

「話、ですか？　私でよければ」

「お願いします」

鷲一郎はスーツ姿のまま、居間へと移動した。

そうしてひなは、ちゃぶ台を挟んで座る彼から、緊張しつつ話を聞くことになった。

話の内容は、とある艦船内にて最近になり船酔いを起こす乗員が増えている、というものだった。

今日、軍令部の部下から鷲一郎の耳に入ったのだという。

一番ひどい症状を訴えたのが艦長だという話や、噂を教えてくれた部下との会話後に他の者に尋ねて集めた詳細な情報……それらも、機密事項には当たらぬ範囲で、彼はひなに話してくれた。

「今の話で、何か気づくことがあれば、教えてはもらえませんか」

鷲一郎にそう促され、ふむ、とひなは顎先に手を当てて考える。

「最近……ということは、以前はそのようなことはなかった、ということなのですよね？」

「ええ。通常とは異なる様子で、軍医にも原因が分からないそうなのです。感染症などが流行っている様子でもなさそうで」

「原因……」

ひなは、聞いた話の内容を頭の中で反芻《はんすう》する。

通常よりも多い、謎の船酔い。

軍医にも分からない原因。感染症でもない。

不調が出ているのは、艦の乗員すべてではなく、その一部。そして、一番ひどい症状なのは艦長……。

「……以前にお義母さんから伺ったお話ですが、艦内では士官以上の方と一般の海兵さんでは、お食事の内容が異なるそうですね」

「ええ」

「使っている食材は同じなのでしょうか？」

「食材は、特に違いはないかと」

「なるほど……では、お食事の際には皆さん、お酒は飲まれますか？」

「士官の昼食には、軽めの酒がメニューに含まれています。一般の兵は、戦闘に備えて常飲するわけにもいきませんが、士気を保つために適宜飲む機会は設けられています。基本は、艦内で〝酒保《しゅほ》〟を開けた際に、必要な者はそこで購入して飲んでいますよ」

酒保とは、軍の内部に設けられた日用品や嗜好品を売る売店のことだ。

海軍では軍艦の中にも存在している。

そこに並ぶ品の管理は艦の副長を筆頭に据えた酒保委員が行っており、販売も士官の中から選ばれた酒保長が補佐の兵と共に行っていた。

「ただ、酒に関しては、購入できる量も規定がありますね」

鷲一郎のその補足に、ふむ、とひなは考える。

「……ということは『お酒が原因ではない』と軍ではお考えなのですね」

「ええ。症状が酔いということで、酒は軍医も真っ先に疑ったようです。不調を来した者は酒を飲んでおりましたが、飲んだ者全員が不調というわけでもありません。また、兵が規定の量を超えて飲んだりした形跡はないようでした」

「艦長は、お酒を飲まれる方でしたか？」

「飲酒はするようでしたが、それほど飲むほうではないようです。そもそも艦長ともなれば、艦の上で酔っぱらうわけにもいきませんので」

「なるほど。節制はされていたということですね……」

艦長も大量の酒を飲んだわけではない。

ということは、乗員を襲った船酔いは、酒の飲みすぎが原因というわけではないのだろう。

そこまで考えて、ひなはふと、あるものに思い至った。

「……茸」

「きのこ？」

鸚鵡《おうむ》返しする鷲一郎に、こくり、とひなは首を縦に振った。

「茸の中では、食い合わせが悪い場合にのみ中毒症状を示すものがあります。特に、お酒と一緒に食べた際に危険な症状が出ることがあると……お酒を飲み過ぎるなど、悪酔いしたのと同じ状態になるのだそうです」

ひなの言葉に、鷲一郎はハッとした表情になった。

「船酔いなどではなく、食した茸によって増強された酒の悪酔い……そういう可能性がある、ということですか」

「そうです。お酒を飲まなければ問題なく食せることから、毒茸ではないとされている種類もあります。たとえばヒトヨタケなど、味が悪くないものなら地域によっては普通に食されていたりするそうです」

「……なるほど。それなら、辻褄《つじつま》が合う」

「思い当たることがございますか？」

納得する鷲一郎に、ひなは尋ねた。

「ええ。艦内でも、食材として茸が使われることはあります。それに重い症状が出たのは艦長をはじめ将校たちだったのですが、下戸の副長だけは元気だったようで……そうか、それなら……」

鷲一郎は、何やら思い至ることがあったのだろう。神妙な顔で頷いている。

「ひなさん。すでに出ている症状を抑えるなど、対処法はあるでしょうか？」

「原因が何かハッキリしないので一概には言えませんが……もし、私が想定するような茸とお酒の食い合わせによるものならば、症状はお酒に酔ったのと同じ状態ですので、同じように対処すれば酔いが抜けるのも早くなるかと思います」

「水を飲む、日光などの刺激のない場所で休ませる、などでしょうか？」

「ええ。早急に体内からアルコールを抜くことが肝要かと……それから、酒酔いというのは、頭痛と吐き気などは不調の理由がそれぞれ異なるそうです。なので、それぞれ異なる対処が必要になります」

「酒を飲んで出ている症状なのに？」

「はい。お酒を飲むと厠《かわや》へ行く回数が増えるかと……それにより身体が脱水の状態となった結果、頭痛が生じます。一方、吐き気や胸やけなどの不調は、酒に含まれるアルコールが胃腸の粘膜を傷つけることで起きるようです」

「原因は同じ酒であっても、酒の何が不調の原因かは、身体の各部位で異なるわけですか」

「そうですね。なので、蜆《しじみ》などの味噌汁を摂るとよいかと思います。他にも浅蜊《あさり》や蛤《はまぐり》、牡蠣《かき》といった貝は、肝臓の解毒を助けるといいますし、味噌汁で水分と塩分を効率的に取れば、脱水による頭痛は軽減できるかと……ただ、あくまで不足している栄養を取るためのものであって、残念ながら特効薬などではないのですが……」

「いえ、助かります」

「それと……もし食べられるようでしたら、カレイライスもよいかもしれません。栄養も効率的に取れますが、使われているスパイスが健康増進に寄与する生薬ですので」

「ふむ。分かりました」

頷き納得したあと、鷲一郎はひなに頭を下げた。

「ひなさん、ありがとうございました。海軍軍令部に戻ります」

「これからですか？」

「ええ、急ぎ上に報告しようと思います」

鷲一郎はすっくと立ち上がると、朝出勤した時と同じように玄関へと向かう。

そのあとをひなは慌てて追いかけた。

「帰宅が遅くなるかもしれません。夕食、母と食べておいてください」

「分かりました。あの……お気をつけて」

声をかけたひなに会釈を残し、鷺一郎は玄関から足早に出ていく。

日の長い季節柄、開かれた戸の外はまだ明るい。橙色《だいだいいろ》の空が、東から徐々に薄闇に呑まれようとしていた。

閉じた戸を前に、ひなは無意識に両手を握りしめた。

なぜか胸騒ぎがしたのだ。

鷺一郎が遠くに行ってしまうような、そんな胸騒ぎが……。

——その予感は、数刻後、現実のものとなってしまう。

◆◇◆

日が完全に沈み、人々が眠りにつく頃、鷺一郎は再び帰ってきた。

居間でうとうとしながら彼の帰宅を待っていたひなは、玄関の戸の開く音ではっと目を覚ました。

慌てて玄関へ向かうと、鷲一郎が驚いたような顔になる。

「鷲一郎さん、おかえりなさいませ」

「ひなさん、こんな時間なのに……まさか、待っていてくれたのですか？」

「遅くなっても、ご帰宅はされるようでしたので」

「ありがとうございます。お話があったので、起きていてくれてよかった」

「お話、ですか？」

「はい。母は眠っていますか」

「？　ええ。お義母さんなら、もう床に就いておいでですが……？」

「では私の部屋に来ていただいてもよろしいでしょうか」

「はい」

答えてから、ひなは一瞬固まった。

彼の部屋とは、つまり寝室である。そこに呼ばれるなど初めてのことだったからだ。

どうして急に……と彼の意図に困惑しながらも、彼の個人的な空間に呼ばれたことが、ひなには何だか嬉しかった。掃除のために入ったことはあるが、整えられた部屋は鷲一郎そのもののようで、そこにいるだけでいつも温かな気持ちになるのだ。

どきどきしながら、ひなは顔を上げて答える。

「わ、分かりました――」

不意に違和感を覚え、ひなは我に返った。

自分の前を通過し、家の中へと入ってゆく鷲一郎の横顔が、わずかに険しさを帯びていたからだ。

その険しさの理由は、すぐに明らかになった。

「艦長に復帰……ですか？」

呆然となりながら、ひなは何とかそう口にした。

鷲一郎の部屋の中、いつかの夜のように正座で向き合い知らされたのは、突然降って湧いた異動の話だった。しかも、明日にはもう当該の艦に乗り込むため、朝には家を出て横須賀に向かうという。

艦長職ということは、海上勤務になるということ。

つまり、彼の陸上での生活も、一旦はここで終わりということだ。

（いつかはそういう日が来るとは思っていたけれど……でも、明日……？）

ひなは、それ以上考えることができなかった。

頭では分かっていたが、あまりに突然のことで心が追いつかない。

「すみません、ひなさん。急にこんなことになってしまって」

鷲一郎が頭を下げた。

それを見て、ひなは慌てて言葉を探す。

「い、いえ……私こそすみません。びっくりしてしまって……」

「びっくりして当然です。私もさすがに驚きました」

「鷲一郎さんも？」

「ええ。本来なら、もうしばらくは陸上勤務の予定でしたから。ひなさんにも、事前に説明できたかと」

「その……私も、鷲一郎さんが船に乗る時のこと、考えていなかったわけではないんです。でも、いざその時になるまで、よく分かっていなかった、みたい、で……」

そこまで口にした瞬間、ひなの目から涙が零れ落ちてしまった。

分かっていなかったのだ。

何も分かっていなかった。

鷲一郎と過ごす生活が、ずっと続くと……そう思うようになっていた。汐見家にやって来たばかりの時は、逆にすぐ終わってしまうと思っていたというのに。

いつの間にか、鷲一郎と一緒にいることが、当たり前になってしまっていた。

……なのに。

今は鷲一郎が海に戻るのが、彼と離れ離れになるのが、こんなにも恐ろしい。

「ひなさんは泣き虫ですね」

すっと伸びてきた大きな手が、ひなの頬を包む。

手のひらの温かさに、逆に涙が溢れてきた。

「す、すみません、いつもいつも……」

汐見家に来てから、泣いてばかりだ。

人前で泣くことなど、父亡きあとの実家にいた頃はなかったというのに。

一体どうして、こんなにも涙脆くなってしまったのだろう。泣いたって、何も変わらない。相手を困らせるばかりなのに……。

ひなが、そう己の弱さを恥じて、鷲一郎から離れようとした時だ。

「いいんですよ、泣いたって」

鷲一郎が、ひなの手を取り、引き寄せた。

その瞬間、ひなは初めて彼と出会った日のことを思い出す。

運び入れた布団が押し入れから崩れ落ちてきて、庇ってくれたあの時のことを……けれど、それよりもっと近い。

広くてしっかりした胸が、ひなを抱き留めていた。

力強い両腕が、壊れ物を扱うように肩にそっと回される。

突然のことに驚き、身体は緊張だってしているはず。なのに、あの百貨店のエスカレータアで彼の腕を掴んでいた時よりも、ひなはずっと安心感を覚えていた。

そして、この腕の中が安心できる分だけ、芽生えた不安が大きくなる。

ぽろぽろ、と涙がひなの頬を伝って落ちてゆく。

雨粒が海原に混じり消えてゆくように、それは鷲一郎の胸の中に吸い込まれていった。

「ひなさん。一体、何に泣いているのですか？」

尋ねる言葉に、ひなは口を閉ざし、ふるふる、と首を横に振った。

今からそこへ向かう本人を前にして言うことではない、と思ったからだ。だが、

「教えてください。悲しい？　悔しい？　それとも怒り、嘆きでしょうか？」

鷲一郎はひなに言葉を促した。

責める口調ではない。以前と同じ、純粋に涙の理由を聞きたいのだろう。

「言ってくれないと、鈍い朴念仁《ぼくねんじん》の私には分かりません。泣きじゃくるあなたに何もしてあげられない、不甲斐ない男として家を発《た》たねばなりません……その不名誉から、私を救ってくれませんか？」

ゆっくりと、低く静かな声で、鷲一郎はひなに言い聞かせる。

互いの呼吸の音だけが、部屋の中に揺蕩う。

ひなは躊躇いながら、しかしきつく引き結んでいた唇を開いた。

息を吸うたびに、喉が、胸が、身体が震える。それが嗚咽《おえつ》になるのを何とか堪えながら、我慢していた心のうちを言葉にして吐き出す。

「わ、私っ……鷲一郎さんとずっと一緒にいたい……置いていかれるのは、嫌なのです。残されるのが、怖いのです」

鷲一郎の胸に縋りつくようにして、ひなは訴えた。

母だけでなく、父にも先立たれた。

鷲一郎は親ではない。

だが、幼い頃の記憶に、ひなはどうしても重ねてしまう。

そして今は、孤独だけが恐ろしいのではない。

愛しい人がいなくなってしまう喪失感……それが、ひなは何よりも恐ろしかった。

そして、もう鷲一郎は、ひなにとってただの家族ではない、愛しい人だった。そう自覚したからこそ、心に立った波を無視できなかった。

「道理にそぐわぬ我儘《わがまま》だと分かっていても。叶わぬことだとしても。生まれた年に差はあれど、過ごす時は同じでありたい……あなたと、離れたくありません」

口にしながら、ひなは自分が嫌になる。

なんて子どもじみたことを言っているのだろう。

なぜ愛しい人を困らせるような、愚かな真似をしているのだろう。

彼に見合う大人の女性として、しっかり見送らねばならないというのに。強くあらねばならぬというのに。

己の幼さが、弱さが、ただただ嘆かわしい——。

「ひなさん、約束してください」

ひなが泣きじゃくりそうになった瞬間、鷲一郎が言った。

「たとえ私が海に散ったとしても、決して後を追ったりしないと」

彼の言葉に、ひなは一瞬、呼吸の仕方を忘れてしまった。

鷲一郎の口から出てきたのが、ひなが曖昧な言葉で濁しながらも、その実、心の片隅で考えていたことだったからだ。

「人は、いつかは死にます」

びくっ、とひなは身体を強張らせる。

——死。

その一言に心臓を摑まれたかのようになる。

冷たいものが胃の中へと流れ落ちていくような、嫌な感覚がした。

「私は海軍軍人になった時、すでにその覚悟は済ませています。ですから、この年まで結婚はせずに生きてきました。お相手に苦労をかけたくなかったのです……でも、こうして素敵な人に出会ってしまった」

ひなは、そろり、と鷲一郎から身体を離す。

向き合うようにして見た彼の目には、慈《いつく》しむような優しさが見える。

まるで穏やかな海のような人だ。

彼を見て、ひなは改めてそう思った。こうして見合っていると、なぜだか無性に懐かしい気持ちになる。

「私はひなさんに長生きして欲しいです。長生きして、辛く苦しかった年月よりも、ずっとずっと幸せになって欲しい。だから……もし、私が海から帰らなければ、婚約は破棄してください」

「え」

「あなたは、他の男性と——あの薬屋の主人と添い遂げることもできます」

「嫌です！」

反射的に、ひなは声を荒らげた。

一瞬、誰のことを言われているのか分からなかった。

実鶴のことだと気づいたのは、息を吸い、再び口を開いてからだった。

「どうして……どうして他の殿方の話が出るのですか……？」

震える声で言葉を紡ぎながら、これは憤りだろうか、とひなは頭の片隅で考える。

それとも、悲しみか。やるせなさか。

自分は鷲一郎しか見ていなかったのに、他の男を見ていたと思われたのか。それとも、妻に相応しいと思ってもらえなかったのか。

ひなは思わず、ギュッと鷲一郎のシャツの胸元を握り締めた。

「私は、鷲一郎さんと幸せになります。鷲一郎さんとがいいのです。他の殿方との幸せなんて、いりません……そんなの、欲しくないっ！」

叫んだ瞬間、ぼろっ、とひなの目から大粒の涙が零れ落ちた。

こんなに声を張り上げたのは、いつぶりだろう。

子どもが駄々をこねているかのような己の姿に、鷲一郎に迷惑をかけてしまっている自分に、それでも鷲一郎を引き留めることができないことに、ひなは、情けなくて消えてしまいたくなる。

そんな暗い気持ちで首を垂れた時、大きく温かな手が、ひなの頭に触れた。

「……すみません、ひなさん」

よしよし、とあやすように、鷲一郎はひなの頭を優しく撫でる。

唇を噛みしめて、ひなは鷲一郎の胸に額を埋《うず》めた。

「っ、私こそ、すみません……鷲一郎さんのお仕事は、お国を守る、大事なお役目なのに……」

「公には言えませんが……嬉しかったですよ。ひなさんは、お国より仕事より、私を大事だと想ってくれているのですよね？」

こくん、とひなは強く首を縦に振る。

再び顔を上げると、鷲一郎に涙を親指のはらで拭われた。

彼の指先はごつごつしている。なのに、感じるのは優しさだけだ。

「必ず帰ります」

穏やかに微笑みながら、鷲一郎は力強くそう言った。

それが、あまりにも頼もしかったからだろう。ひなの顔にも、自然と笑みが浮かんだ。

「戻ってくる頃には、婚約の許可も下りていることでしょう。その時になって嫌だと言っても、もう遅いですよ」

「い、言いません、そんなこと……」

「では、待っていてくれますか？」

ぐいっと手で涙を拭って、ひなは鷲一郎に笑顔を向けた。

「はい。もちろん、お待ちしております。この家と、お義母さんをお守りして……だから、どうぞ、ご無事で」

ひなを抱く鷲一郎の腕に、わずかに力が籠もる。

それに応えるため、ひなも彼を抱きしめ返した。

二人が離れぬよう。

強く、祈りを込めるように。


翌朝、家の門前にて、ひなは鷲一郎を見送った。

スーツ姿が毎朝の出勤のようで、彼がしばらく帰って来ないというのが嘘のようだった。

「まったく……いくら急だからと言って、港での見送りもさせてくれないなんて」

鷲一郎の後ろ姿が通りの向こうに消えたあと、ひなの隣で共に見送りをした夕カ子がため息交じりに言った。

「婚礼の儀だって、まだなのに……ひなさん。こんなことになって、本当にごめんなさい」

「いえ、お義母さんが謝るようなことでは！」

申し訳なさそうに頭を下げるタカ子を、ひなは慌てて制止した。

「それに……私なら大丈夫です。鷲一郎さんのご帰還を信じると決めたので。だから、一緒に待たせていただけませんか。家のことも、これまでどおりお任せいただければ嬉しいです」

「そんな。むしろ、いいの？　鷲一郎はいないのに」

「あっ……お義母さんがお嫌でなければですが……」

「嫌なわけないですよ！　そうしてもらえると私も嬉しいわ」

タカ子が、ひなの手を取りギュッと握った。

義母の温かな手は、鷲一郎のそれに似ている。それが、ひなにはとても心強かった。

「それなら、ひなさん。先に準備しておきましょう！」

と、タカ子が思い出したように言った。

ひなは目をぱちくりさせる。

「準備、ですか……？」

「婚礼の儀の準備ですよ。あの子が帰ってきたら、すぐにできるように、ね」

タカ子が笑顔で明るい未来の話を語る。

ひなも、その幸せな日が訪れることを脳裏に思い描き、笑顔で頷いたのだった。

◆◇◆

「汐見大佐。腕の調子はどうだ」

日没後の部長室にて、湊中将が尋ねた。

鷲一郎が自宅でひなから茸の話を聞き、軍令部にとんぼ返りした時のことだ。

急ぎの報告だったためスーツ姿のまま入室した鷲一郎は、中将の質問に改めて姿勢を正し答える。

「は。おかげさまで、ほぼ完治とのことです」

「なら、問題ないな」

湊中将が神妙な顔で頷く。

一人で納得している上長の様子に、訝《いぶか》った鷲一郎は軽く眉を動かした。

「問題ないとは、何の話でしょうか」

嫌な予感が、胸にじわりと滲む。

そして、そういう予感はよく当たるということも、鷲一郎は長年の経験で分かっていた。

「戦艦雲取の艦長・浜崎大佐が倒れたことは、すでに貴様も知るところだろうが……浜崎大佐が、療養のために艦を下りることになった。そこで後任として、貴様に艦長を引き継いでもらう」

鷲一郎は思わず目を瞑る。

部下からその噂を聞いた時から、薄っすらと予感していたことだった。

仕方がないことだとは理解している。そういう仕事だ。

だが、なぜ今なのだろうと思わずにいられない。自分には、まだ陸でやり残していることがあるというのに。

「汐見大佐。急で悪いが、明日、横須賀に向かってくれ」

「それは正式な辞令でしょうか」

「いや、暫定的なものだ。本来であれば、今も艦長を務めていた貴様が適任だということでな。正式な辞令があれば、追って上から出るだろう」

「分かりました」

「すまんな、汐見。人事の意見を覆してやれなんだ」

「いえ……お気遣いありがとうございます、中将」

鷺一郎は湊中将に一礼した。

この部下想いの上司が「結婚するまで待ってやって欲しい」と異動を再考するよう上に掛け合ってくれたことは想像に難くない。

「だが汐見よ、安心しろ。結婚初夜は儂が必ずさせてやる」

「よろしくお願いしますと言いにくいのですが……そうですね、結婚は早めにさせていただけますか」

「おお！　大船に乗ったつもりで任せろ！」

湊中将は、そう言って胸を張った。

白い軍服を着ているせいで、まるで白熊のようだ。

「しかし、お前がそんなことを言うようになるとはなぁ」

「……それと中将。内密にてお願いしたいことがあります」

しみじみと語る湊中将を前に、鷺一郎は声を一段と低くしてそう申し出た。

発言の不穏さに、湊中将は訝るように片方の眉をくいっと上げる。

「なんだ」

「今すぐ、ひなさんと結婚させてください！」

――揺れる列車の中で、鷲一郎は目を覚ました。

鷲一郎は、自分が今どこで何をしていたのかを思い出す。

列車で横須賀鎮守府へと向かっている最中だった。通勤時と同じスーツ姿。傍らには旅行鞄を携えている。

昨晩より気を張っていたのが災いしてか、暗いトンネルに入ったところで一瞬だけ眠ってしまったようだ。座席に座るその姿は、背筋を伸ばしたままだった。

(今の夢は、昨日の……しかし……)

鷲一郎は今しがた見た夢について考えた。

汐見家に再び帰宅する前、軍令部に戻った際の記憶らしい。

……が、夢の内容の一部は、現実と異なっていた。

(中将に頼んだのは、『ひなさんとの結婚』ではなかったのだが)

何の脈絡もない発言をする夢の中での己の姿を思い出し、鷲一郎は苦笑する。

中将に頼んだのは、実際には『とある仕事を請け負って欲しい』という話だった。

なのに、なぜ夢の中の自分は、ひなとの結婚の話などしたのだろうか。

(ひなさんへの罪悪感が反映されたのだろうか……それとも、あれが私の純然たる願望

か)

眠気を覚まそうと、鷲一郎は窓の外に目をやった。

いくつも連なるトンネルを抜けたあと、列車の車窓には軍艦の居並ぶ巨大な軍港が現れる。夏の日差しを受けてきらきらと輝く青い海は、まるで鷲一郎を待ち構えているかのようだった。

(……また、戻ってきたのだな)

軍港を前にして、鷲一郎は気を引き締め直す。

ひなと過ごした陸地での時間を名残惜しく思いながら……。


やがて鎮守府に到着した鷲一郎は、戦艦雲取の前艦長からの申継書《もうしつぎしょ》を拝受した。

艦長が交代する際には、前任より直に引き継ぎが行われるのが通例だ。

しかし、今回は緊急時ゆえ、申継書のみの受け取りとなった。

申継書には、戦艦雲取の現状が淡々と記されていた。

部下から噂として聞いた乗員の謎の船酔いについても記載があった。やはり、実際に起きていることらしい。それ以外には、特筆されるような記載はなかった。

戦艦雲取には、鎮守府の桟橋から内火艇という小型の艇で向かう。

内火艇を艦の右舷腹に横づけし、そこにある舷梯《げんてい》から甲板に上がる。

甲板では、鷲一郎と同様に白い軍服をまとった乗員たちが敬礼で新艦長を出迎えた。だが、その数は疎《まば》らで、通常の艦長就任と比べると些か寂しい。

「このような状態でのお迎え、申し訳ありません」

前艦長に代わり、鷲一郎にそう挨拶をしたのは副長の広瀬中佐だった。

「いや、構わんよ。適切な対応、ご苦労だった」

真顔の広瀬中佐に対し、鷲一郎は朗らかに返す。

不調の乗員を休ませるよう対応を依頼したのは、他でもない鷲一郎だ。

こちらに向かう前に、軍令部から電報で広瀬中佐に頼んでおいたのである。

鷲一郎は、整列する乗員たちを点検するように見て歩いたあと、彼らに向き直り手短に着任の挨拶をした。

「皆、無理はせず、身体を大事にしてくれ。不調がある者は、我慢せず申し出るように」

最後にそう一言付け足して挨拶を終える。

その後、鷲一郎は広瀬中佐に艦長室へと案内された。

「汐見大佐……いえ、艦長。お戻り、大変嬉しく思います」

にこりともせず広瀬中佐が言う。

それを見て、懐かしいな、と鷲一郎は思った。

この広瀬中佐は、基本的に微笑まない。表情を作るのも苦手なのだという。

そのため、周囲から誤解を受けることもしばしばあった。

前回の乗艦では、鷲一郎から『私は構わんが、他の長官らの前では笑っておいたほうがいいぞ』と指摘したものだ。

艦長暗殺の噂が立ったのも、この無愛想ゆえだろう、と鷲一郎は考えていた。

「そう言ってもらえてこちらも嬉しいよ、広瀬中佐」

艦長室は、寝泊まりする私室と執務を行う公室とに分かれている。

公室には執務卓の他に応接テーブルと椅子があり、鷲一郎はそこに腰かけるよう広瀬中佐に勧めた。

二人きりになったところで、積もる話をするためである。

「……ところで、中佐。君が前艦長に毒を盛ったという噂が流れているのは、すでに君自身の耳にも入っているだろうか？」

「ええ。恥ずかしながら……」

「君ではないのだろう？」

「艦長はどのようにお考えなのですか？」

「上官の質問に質問で返すか。回りくどいぞ。手短に頼む」

「当然ですとも。疑われるとは心外です」

「あくまで確認のために聞いたまでだ。君は信頼できる男だ、疑ってなどいないさ」

「光栄です」

鷲一郎の言葉に、広瀬中佐は微かに口角を上げる。

会話の区切りが訪れたと同時に、空気が静かに張り詰めた。

それまで朗らかに話していた広瀬中佐も、一段、声のトーンを低めて話し始める。

「こちらからも、艦長のお耳に入れたいご報告が……例の茸の件ですが、食材を検《あらた》めましたところ、それらしきものが確認できました」

「そうか、見つかったか」

「常食のシメジ茸に似ていたため、烹炊《ほうすい》班の者たちも見落としていたようで……どこから紛れ込んだのかは現在調査中です」

「分かった。進展があればまた報告してくれ」

「はい……しかし、艦長からの事前の電報、大変助かりました。皆、何が原因か分からぬ恐れだけで船酔いになってしまいそうな軽い恐慌状態だったので」

「推測が当たってよかったよ」

「ですが、艦長。茸が原因だと、よくお気づきになりましたね？」

「私の婚約者が、医学の知識に富んでいてね」

「ああ、お噂の」

「噂？」

「海上にまで伝わってきておりますよ。『あの汐見大佐が若い娘にぞっこんだ』と」

「『あの』とはなんだ、『あの』とは……」

「浮いた話の一つもなければ、寄港した先で女遊びの一つもしない。ちょっと失礼な話ですがね、汐見大佐はやはり海神の化身と呼ばれるだけあって、人の男ではないのでは……と疑う声もあったのです」

「ただの人だぞ……」

鷲一郎は苦笑交じりのため息をつく。

人でなければ、悩みや葛藤を抱えずとも済んだかもしれない。

しかし、鷲一郎は悩んでばかりだった。

（……また泣かせてしまったしな）

残してきたひなの、別れ際の表情が浮かぶ。

最初に泣かせてしまった生い立ちを聞いたあの夜、二度と泣かせまいと思った。なのに、またしても――。

「お若いとは聞いておりますが、実際お相手のご年齢はいくつなのですか？」

鷲一郎の悔恨を断ち切るように、広瀬中佐が尋ねた。

何度も受けてきた問いだが、未だ、答えようとする口の中には気まずさが漂う。

「……十九だ」

「大佐のご年齢は」

「四十六」

ほお、と広瀬中佐の表情が珍しく動いた。

「年の差のある結婚が普通とはいえ、二十七も離れている話はなかなか聞きません。若い娘との結婚、よいですな」

「君の奥方が聞いたら叱られるだけじゃ済まないぞ」

「内密にお願いします」

切り替えも素早く、広瀬中佐が頭を下げた。

彼の妻は、淡々とした夫とは対極の潑溂《はつらつ》とした女性だ。

しかも幼馴染みの姉さん女房でもあるためか、広瀬中佐は頭が上がらないらしい。

鷺一郎も一度、陸で夫婦が一緒にいる姿を見たことがあった。その時の広瀬中佐は、完全に尻に敷かれているようだった。部下のそんな姿は、亭主関白が少なくない軍人にしては珍しく、鷺一郎は妙な親近感を覚えたものだ。

「内密にするのは構わんが、私の噂の出どころが分かるようなら、ぜひ教えてくれ。君が毒を盛った話と同様、訂正しなくてはいけないからな」

「艦長についてのお噂には、どのようなご訂正を？」

「『若い娘』の部分を『婚約者』に、だな。若い娘だから結婚を決めたわけではない。縁があった人が、たまたま若かっただけだ」

「『ぞっこんだ』という部分は真実なのですね」

「皆まで聞くんじゃない」

鷺一郎は誤魔化すように咳払いした。

すると、広瀬中佐が微かに顔を伏せ、肩を揺らした。

「……ふふ」

「中佐。なぜ笑う」

「艦長がお幸せそうでよかった、と思ったもので」

生真面目に塗り固められた顔に、ふっと柔らかな笑みが浮かぶ。

広瀬中佐は、パッと見ただけでは表情も乏しく、何を考えているか分かりにくい男だ。

しかし、鷲一郎は彼を信用している。

言葉や態度ではなんとでも取り繕えるが、実際に大事なのは『何を行ってきたか』だ。

むやみやたらと目立ったり前に出たりせず、行動指針は利己より利他……先の海戦での働きや、実際に同じ艦に乗っていた時の広瀬中佐の様子が、まさにそうだった。

そういう点で彼は、鷲一郎にとって信頼のおける仲間である。

「……というか、艦長。ご成婚もまだなのに、こちらにお戻りになられたのですか？」

「そうだ。なかなか婚約許可が下りなくてな」

「〝派閥抗争〟の影響でしょうね」

広瀬中佐が小さくため息をつく。

軍内に生じた新たな二派閥——革新派と保守派との対立の話だ。

その対立のゴタゴタに巻き込まれてひなとの婚約許可の申請手続きが遅延している可能性は、鷲一郎も考えていたことだった。広瀬中佐の口からも同じ考えが出てきたということは、恐らく懸念していたとおりなのだろう。

「こちらにもその影響が？」

鷲一郎が尋ねると、広瀬中佐は肩を竦めてみせた。

「前艦長は骨の髄まで保守派でしたので、やりにくくて大変でしたよ。艦内で革新派を見つけるや否や棒で叩きたがるので、私もヒヤヒヤしました」

「ああ、そういえば広瀬副長は革新派だったか」

「ええ。こっそりとですが」

相手によっては警戒を要する微妙な話題だったが、広瀬中佐はさらりと答えた。

それから彼は、鷲一郎の目を見つめ、探りを入れるように尋ねてきた。

「汐見艦長は、相変わらず中庸なのですか」

「これから先もそのつもりだよ」

あくまで敵は外にある……それが鷲一郎の考えだ。

外敵から国を守らねばならないというのに、身内で争っても仕方ない。

「とはいえ、革新派だと思われているようだがね」

「汐見艦長の清廉潔白なお人柄のせいでしょう。腐敗した者たちには、同じ派閥に見えるようで」

「保守派が腐敗している者たちばかりなら、私も堂々と革新派に名を連ねるのだがね」

「革新派の私が言うのも何ですが、そのようなところが実に革新派的なのですがね」

「どのようなところだ？」

「公明正大、真面目で些事に拘らず、国と臣民に尽くそうとする忠義の軍人らしいところです。艦長と比べると、自分の修行不足を思い知らされますよ」

広瀬中佐は、正義感が強い男だ。

ゆえに、同派閥に属していないと公言する鷲一郎に対しても穏便に接してくれている。

前回、戦艦雲取に乗っていた時もそうだった。

だが、そうでない相手ももちろんいる。

……自分の思想とは相容れぬ者はすべて敵だとして、攻撃性を隠さぬ者が。

そして、実際に攻撃を加えてくる者がいることを、鷲一郎はすでに、その身をもって知っていた。

「……広瀬中佐。君を革新派らしい軍人と見込んで話がある」

左腕に目をやりながら、鷲一郎はそう口にした。

「？　はい。どのようなお話で」

「できるだけ早く、乗員たちを回復させて欲しい。この艦の状態を教えてくれた部下が、その時にもう一つ、どうにもキナ臭い噂話をしてくれてな」

「そのキナ臭い噂話というのは？」

広瀬中佐が微かに眉根を寄せる。

鷺一郎は声を潜めて、部下から聞いた噂話の詳細を語った。

保守派の一派が敵国に偽装した艦を用いて帝都を襲撃する、いわゆる〝偽旗作戦〟を行おうとしている、という噂話を。

「馬鹿馬鹿しい――と一蹴もできませんね。保守派の中枢ならやりかねない」

話を聞いたあと、広瀬中佐はそう言って肩を竦めた。

これまで彼が保守派に対し抱いてきた警戒心が、噂話をすんなり呑み込ませたらしい。

「それで……どうされるのですか？　艦長」

「本艦は職務を全うするまでだ」

広瀬中佐の問いに、鷺一郎は迷いなく答えた。

現在、乗員の不調のため、戦艦雲取は編制されていた艦隊を離れ、横須賀鎮守府からさほど遠くない沖合に一隻のみで停泊していた。

乗員たちの不調が、もっと酷いものだったなら、帰港できていたことだろう。

だが、船酔いとの判断により、海上での待機を余儀なくされてしまった。

その上で任されているのは、帝都近海の海防だ。

つまり、海からの攻撃に対する国土の防衛である。帝都に攻撃が仕掛けられるのであれば、それを防ぐのが同艦の職務だった。

本来であれば、近海は後衛だ。敵艦からの攻撃が真っ先に届く前線には当たらない。負担が少ないため、乗員の不調が多少考慮されて同艦は配備されているのだが……。

「いつ、どこが狙われるのでしょうか」

広瀬中佐の問いに、鷲一郎は首を横に振った。

「それは分からん。噂話には、それらの情報はなかったからな」

「では現状、打つ手なし、ですか……」

「いいや」

焦りを滲ませた広瀬中佐に、鷲一郎はハッキリと異を唱えた。

そして、それまでと変わらず穏やかな調子で――しかし、力強く言い切った。

「こちらの一手なら、すでに打ってある」

◆◇◆

事が起きたのは、鷲一郎が戦艦雲取に乗り込んでから、わずか三日後のことだった。

……否、正確に言えば、事は起きなかった。

未然に防がれたからである。

噂話にあった計画自体は確かに存在したものの、帝都は襲撃されずに済んだ。

鷲一郎が先んじて打っていた一手が、功を奏したのである。

その一手とは、軍令部を出る前に、湊中将に請け負って欲しいと頼んでおいたとある仕事――『信頼できる筋の憲兵による情報収集』だった。

対処のための時間はさほどなかったが、漏れ出た噂話の出どころを辿っていけば、自ずと情報の大本にはたどり着く。

中将が見繕った優秀な憲兵たちは、早々にそれを見つけた。

その後、泳がせておいた偽装艦が作戦の実行に移り、戦艦雲取により拿捕《だほ》されたのである。


「人の口に戸は立てられぬとは言いますが、お粗末な結末ですな」

港で錨を下ろした戦艦雲取の甲板にて、広瀬中佐が呆れたような口調で言った。

視線の先には、横須賀鎮守府に引き渡された偽装艦の姿がある。

すでに乗員は憲兵隊によって全員引きずり出されており、内部は無人の状態で軍港に拘束されている。

その乗員の取り調べも、鎮守府へと曳航《えいこう》する間に大方が済んでいた。

「戸を立てられるかは不明だが、本件については緘口令《かんこうれい》が敷かれるそうだ。我が艦の働きについては『敵国の不審船拿捕』と報じられることだろう」

「国民を騙すようで遺憾です。身内の揉《も》め事だというのに」

「軍部の派閥抗争だなどと公にすれば、どこに穴があるのか敵国に教えるようなものだからな。これればかりは仕方あるまい」

ぼやいた広瀬中佐に、鷲一郎が肩を竦めてみせた。憤る気持ちはよく分かる。

偽装艦の乗員の供述によれば、こたびの帝都襲撃計画は、事前の想定どおり軍部の武力増強を訴える保守派によるものだった。

国民の不安を煽《あお》り、政治に対する軍部の力を強める。そのために、保守派は敵国に偽装した艦によって帝都襲撃を演じようと目論《もくろ》んだらしい。

偽装艦は、閉鎖された工廠に隠されていた。

鎮守府が開設された際に設備を移転され閉鎖された造船所や工廠がいくつかあり、そのうちの一つを保守派の一派が占拠して、建造中止となった艦を巧妙に偽装艦へと改造し保有していたため、実行が可能だったようだ。

日没と同時に出発した偽装艦は、潜んでいた当該の工廠を爆破。その炎上を発端に、海上から周辺地域の空き倉庫にいくつか弾を打ち込み、夜闇に紛れて即座に海域から離脱する——という計画だったという。

本計画は、保守派の中核で秘密裏に進められていたらしい。

しかし、その計画は外部に漏れ、噂となって広まり、部下の口づてに鷲一郎の耳へも入ることになったのだった。

「噂がお耳に入ったそうですが、汐見艦長の人徳あってのこと……浜崎などは、艦長の爪の垢《あか》を煎じて毎日朝晩欠かさず飲むべきだ。卑怯者め」

怒りを通り越して呆れながら、広瀬中佐は吐き捨てるように言った。敬称すらも省いているのは、侮蔑の意の表れであろう。

前艦長の浜崎大佐が『卑怯者』とまで言われるには、それ相応の理由がある。

実は、乗員の不調の原因となった件《くだん》の茸を艦内に持ち込ませたのは、他でもない浜崎大佐だった。

浜崎大佐は、保守派の中核の一人である。

帝都からの偽装艦の逃走には、海防任務に就いていた艦隊のうち、特に高い攻撃力と防御力に加え、速力にも優れた巡洋艦や高速戦艦が邪魔だった。

そこで目を付けられたのが、浜崎大佐が艦長を務める戦艦雲取だった。

艦長であれば戦艦を動かさぬ指示もできる。

だが、不審な動きをすれば上層部からの誹《そし》りは免れない。

そこで浜崎大佐は戦艦雲取を弱体化させ、自らは一時的に艦長の座を退くという手段を取ることにした。「そちらのほうが出世には響かぬ」「事が終われば艦長職に戻してやる」と、保守派中核の重鎮たちから唆《そそのか》されたらしい。

浜崎大佐は、件の茸を用いて艦を内部から弱体化させることにした。

同時に、帝都の偽装襲撃が行われる日に合わせ、自ら茸と酒とを食い合わせて身体を不調にすることで、艦から『やむを得ない理由』で離脱したのだ。

愚かなことだ、と鷲一郎はため息をつく。

一体、浜崎大佐は何と戦い、何を守ろうとしていたのだろう、と。

それは鷲一郎にも想像はできることだったが、理解はしたくもなかった。

「……私に人徳があるかは分からんが、本艦と乗員に何事もなくてよかったよ」

「艦長になければ、一体、誰にあるというのですか。また助けて頂きました」

鷲一郎の言葉に、広瀬中佐が苦笑しつつそう口にした。

広瀬中佐の言う〝また〟。

……それは、鷺一郎が腕を骨折した際の話だ。

こたびの偽装艦の取り調べに付随し、明らかになった事実がある。

鷺一郎の腕の骨折についてだ。

骨折に至った原因である事故は、偶然ではなかった。意図的に引き起こされたものだったのだ。

それを計画した犯人が、浜崎大佐だった。

彼は、鷺一郎のことを対抗派閥である革新派の人間だと思い込んでいたらしい。同時に、出世街道を己より有利に進んでいた鷺一郎の存在が気に食わなかったのだという。

そこで、浜崎大佐は同派閥に属する部下を使い、艦内で荷崩れの事故を装って、鷺一郎を害そうとした。

事故を意図的に引き起こした者は、同郷の先輩に当たる浜崎大佐の庇護によって、何食わぬ顔で戦艦雲取への乗艦を続けていた。けれど今回、大佐自身の不祥事が明らかになったため、共に軍法会議にかけられることになった。

「汐見艦長。あの時、崩れてきた積み荷……艦長は、避けようと思えば避けることができたはずです。でも、近くにいた部下を庇い、負傷してしまった」

「部下が巻き込まれるのを見過ごせないだろう」

「そういうところが、浜崎のような男に付けこまれるのです。あなたはこの国の防衛の要《かなめ》だというのに……」

「買い被りすぎだ。私はただの一海兵に過ぎんよ」

「海に愛された男、海神の化身が何を仰いますか。ご自身のお立場をよくお考えください」

広瀬中佐がため息交じりに肩を竦める。

だが、そのあと彼は、鷲一郎に向かって敬礼をした。

「改めてお礼申し上げます。その節は、ありがとうございました」

答える代わりに、鷲一郎は微かに笑みを浮かべた。

骨折してまで庇った部下。

それが、この広瀬中佐だったのだ。

「こたびは君のおかげで早期に本艦を立て直すことができた。私のほうこそ、礼を言う」

よからぬことをした者が相応の報いを受け、よきことを成した者が相応の果報を授かる。

……これが、因果応報というものだろうか。

そう思いながら、鷲一郎は頼れる副長に対し、敬礼を返したのだった。

◆◇◆

鷺一郎が汐見家を発ってから数日後のこと。

「あの……これって、鷺一郎さんが乗っていらっしゃる艦ではありませんか!?」

商店街を歩いている最中、号外屋から買った新聞を手にしたひなは、興奮に頬を紅潮させながらタカ子に言った。

号外屋に集まる人だかりから離れたところで、ひなは新聞の内容を確かめる。

その新聞の紙面には、不審艦を拿捕した戦艦雲取の手柄と、それを賞賛する記事が大きく載っていた。

「あらまあ。ええ、あの子の乗っている艦ですよ」

タカ子が目元に皺を寄せて笑う。

それを聞いて、ひなは安堵のため息をつく。

「……よかった」

ひなの口から自然と零れ落ちた言葉が、それだった。

すごい、という尊敬の念は、後から湧いてきた。

それよりも、鷲一郎が一つ危険な波を乗り越えたのだと分かって、ほっとする気持ちが先立ったらしい。身体から力が抜けるようだった。

「こんなに早く成果を挙げるなんて……あの子、このぶんだと早く帰ってこられるかもしれませんね」

「えっ！」

想定外の喜ばしい話に、ひなは思わず大きな声を出してしまった。

しまった、と思った時にはもう遅い。

通りを歩く人々の視線がチラチラと集まる。

今度は恥ずかしさで赤く染めた顔を、ひなは広げた新聞の内側に沈み込むようにして隠した。

……けれど、嬉しさのほうが勝った。

汐見家の門前で彼を見送ってから、まだ数日しか経っていない。それでも、

(早くお会いしたい……)

ひなは、改めて紙面を見つめる。

頭では待てと分かっているのに、心が居ても立っても居られないのだろう。ここから駆け出したいような気持ちになっていた。

彼がいる海を目指して。今すぐにでも会いに行きたい、と。

「行きましょうか。横須賀」

ひなの心を読んだように、傍らでタカ子が言った。

「えっ、でも、それはご迷惑に……」

「迷惑なら追い返されるだけです。それに、私との横須賀小旅行なら、何も気兼ねする必要はないでしょう？　待っているばかりでは、やきもきするだけですよ」

「お義母さん……」

そうしたい、とひなの心は沸き立つ。

タカ子の提案は、とても魅力的だった。

だが、ひなは首を横に振った。

「……お気遣い、ありがとうございます。でも、私はこちらで、鷲一郎さんのご帰還をお待ちしたいと思います」

「いいの？」

眉尻を下げて、タカ子が尋ねる。ひなが遠慮しているのでは、と心配したのだろう。

しかし、ひなは遠慮をしたわけではなかった。

「はい。そう、鷲一郎さんと約束したので」

鷲一郎の出立前夜、ひなは彼に『待つ』と言ったのだ。

だから、海には行かない、と決めた。

自分は、彼の妻になるのだ。

だからこそ、家と家族を守りながら、心を波立たせずに待ち続けられる……そんな強い人間であらねばならない。

自分は彼の妻に相応しいのだと、証明したい。

そのためにも、ひなは、彼と交わした約束を守りたいと思った。


ふと見れば、二羽の鶺鴒《せきれい》が緑の生い茂る木々の間を飛んでいる。

つがいの鳥だろう。

互いが離れぬように、離れてもすぐに近づけるように、懸命に羽ばたいている。まるで気遣い合っているようだ。

その仲睦まじい様子が眩しくて、眺めるひなは目を細めたのだった。

終章

それから数日のうちに、鷺一郎は汐見家へ帰ってきた。

だが、居間で待ち構えていたタカ子は、怪訝そうに頭を捻っていた。

「鷺一郎。予想よりも時間がかかりましたね」

「ええ。実は、こちらに戻る前に、あれこれ用事があったもので」

「ひなさんの元に帰ってくる以上に大切な用事があったのですか？　ねえ、ひなさん？」

「えっ」

急に話を振られ、ひなは頓狂な声を上げた。

鷺一郎が帰ってきた喜びで胸がいっぱいだったため、とっさの言葉が出てこなかったのである。

「ちゃんと説明しますよ、母さん……ひなさん。荷物はその辺で構いませんので、こちらに座ってください。大事な話があります」

鷲一郎にちゃぶ台前へと呼ばれる。

ひなは、玄関で預かった鷲一郎の荷物を部屋の傍らに置いて、タカ子の隣に腰を下ろした。

鷲一郎はひなと向き合って座ると、姿勢を正して話を始めた。

「まず一つ。ひなさんとの婚約の許可が下りました」

「あら。ひなさん、よかったですね！」

ひなの肩を抱いて、タカ子がパッと笑顔になる。

当のひな本人は、突然の吉報に固まってしまった。

だが、それも一瞬のこと。

すぐに感激が大波となって押し寄せてくる。安堵が言葉となってひなの口を衝いた。

「よ……よかった。このまま許可が下りなかったら、どうしようかと……」

「すみません、ひなさんには不要な心配をおかけしましたね……ですが、これには少々、理由がありまして」

「海軍のお偉方のゴタゴタではないのですか？」

タカ子の皮肉めいた言葉に、鷲一郎は意味深な苦笑いを浮かべた。

その表情の理由は、すぐに分かった。

「それもあったのですが……実は、ひなさんのご実家の件で」

「私の実家が、何か……？」

「これを」

鷺一郎は、スーツのポケットから袱紗《ふくさ》を取り出した。

その袱紗を開けば、中から一通の封書が現れる。

そうして封書から取り出した書類を、鷺一郎はひなの前にスッと置いた。

「これは、ひなさんのご実家、若枝家の邸宅並びに所有地に関する権利書です」

「え……？」

ひなは、ぱちくりと目を瞬いた。

書類を見ても理解が及ばない。

「……実家の権利書が、なぜここに？」

実家には、義母と義妹が住んでいるはずだ。

ならば当然、その所有の権利も、義母たちにあるはず……。

そう考え混乱するひなに、鷺一郎は落ち着いた様子で説明してくれた。

「まず、婚約許可がなかなか下りなかったのは、近頃ご実家の噂が芳しくなかったことが原因でした。さらに、若枝邸が売りに出されていたことが判明し、これも許可の妨げになったそうです」

「実家が、売りに……？」

「ええ。ただ、邸宅が売れる前に現当主が夜逃げをしてしまったそうで。軍が一時的に接収しましてね」

「よ、夜逃げ？」

さらに混乱が深まるひなに、鷲一郎は詳細を話してくれた。

ひなが汐見家にやって来る以前より、若枝家には借金があった。それらは、父亡きあと義母が当主になってから散財を重ねた結果、生じた負債である。

義母は借金返済のため家財を換金していたが、ついに邸宅をも売り払おうとした。

だが、取り立てに対し、その金策は間に合わなかった。

義母は、夜逃げをして行方知れずとなったという。

そして義妹の喜巳はというと、義母に置いていかれたばかりか、借金の形にと売り飛ばされたらしい。

「この権利書は、海軍のお偉方が渡してくださったのです……受け取ってください。これは、ひなさんのものです」

そう言って鷲一郎は、権利書を差し出した。

ひなは、それを前に困惑する。

「でも、実家はすでにお義母様のもので……」

「いいえ。権利書の名義は、あなたの父上――前当主・若枝鴻之助様のままになっています。もしかしたら権利書が見つからず名義の変更もできなかったため、邸宅は売られずに済んだのかもしれません」

鷲一郎の言葉に、ひなは不意に思い出した。

実家の中で、義母が物や書類の置き場が分からずよく困っていたことを。

権利書の保管場所を父から聞いて知っていたひなは、義母に訊かれれば答えただろう。だが「余計なことを」と不興を買ってからは口を出さずにいたので、それについて伝えることはなかったのだ。

「あなたの御義母上も義妹さんも、もう戻ってはこないでしょう」

「そう、ですか……」

呟く身体から力が抜けてゆく。

借金によって夜逃げせねばならなくなった義母の行く末や、親に売られた義妹を不憫《ふびん》に感じたのも一瞬のこと。かつて実家で義母と義妹にされたこと、その苦い記憶が、ひなの脳裏に浮かび上がってきた。

当時は仕方ないのだと抵抗を諦めていたが、あれは虐待の類だったのだろう。

それをされて、ひなも傷つかなかったわけではない。

苦しかった。水の中に沈められているかのように、上手く息ができない時もあった。

十年間。苦労を背負わされた。

だがそれも、もう遠い過去の話だ。あの苦しかった日々は戻ってはこない。その安心が、過去の記憶を押し戻した。

もう、自分は大丈夫なのだ――。

そう気が抜けた瞬間、ひなは大事なことを思い出した。

苦しかった日々の中で、ひなの息ができるように、優しく支えてくれた人たちのことを。

「あっ、あの！　ウメたちは……使用人のみんなは――」

「安心してください。皆さん、お変わりありませんよ」

「よ…………よかった……」

ほっ、とひなは安堵のため息をついた。

「ひなさんさえよければ、ご実家に住まいを移しませんか」

その提案に、ひなは伏せかけていた顔を上げた。

ちゃぶ台の向こうの鷲一郎と目が合う。

「ここから、引っ越すのですか？」

「ええ。この家も上司からの借り物、いずれお返しする予定でしたし、若枝邸のほうがここより横須賀に近い。それに、ひなさんがお戻りなら使用人の皆さんも残ると言ってくださっています。給金の交渉もすでに済ませておりますし――……ひなさん？」

「す、すみません、びっくりしてしまって。まさか、実家に戻れるとは思ってもいなかったものですから……で、でも、お義母さんは？　一緒に来ていただいても、よろしいのですか？」

「むしろ私が一緒に行ってもいいのかしら……？」

「もちろんです！」

「……ひなさんがそう言ってくれるなら、断る理由はありませんね」

タカ子が笑顔で頷く。

ひなはちゃぶ台を離れ、畳に手をつき、鷲一郎に深々と頭を下げた。

「鷲一郎さん……ありがとうございます。本当に……ありがとうございますっ！」

――こうして、汐見家一同は、若枝邸に居を移すことになった。

◆◇◆

若枝邸への引っ越しは、海軍から鷲一郎の部下が助っ人として派遣されてきたこともあり、数日のうちに完了した。

ウメたち使用人は、ひなとの思いがけない再会を喜んだ。

そして、鷲一郎とタカ子に対しても、亡き前当主と同じように丁寧に仕えると約束してくれた。義母や義妹に対してはなかったことだ。

婚約の許可が下りて間もなく、二人の婚礼の儀は若枝邸にて開かれた。

鷲一郎の恩人である湊中将も参列したが、酒は一滴も飲まなかった。中将は「酒がなくとも酔えるのだ」と言い、鷲一郎を前に男泣きしていたという。

そして婚礼の儀の夜、二人は夫婦となった。

戦艦雲取は、件の偽装艦の拿捕以来、横須賀鎮守府の軍港に停泊していた。

乗員たちの健康の回復を待ってのことだったが、ひなたちの婚礼の儀が終わる頃には皆すっかりよくなっていた。

戦艦雲取の出港は、鷲一郎の出立でもある。


二人が陸と海とに離れる日は、あっという間にやって来てしまった。


鷲一郎の出立の日、ひなは夫の船出を見送るため、共に海へと向かうことにした。

出港までの猶予の時間、ひなは鷲一郎と海辺を歩いた。

ふと、ひなはふと思い出した。

（……そうだ。私、海に来たかったんだった）

空を映す、青い海。

その空と海との間を縫うように、海鳥たちが鳴きながら飛んでいる。

潮騒の音と磯の香りが、爽やかな風に乗って浜辺の砂を撫で、夏の日差しが螺鈿細工のようにキラキラと波間に照り返している。

かつて父が連れていってくれて、夢の中で何度も訪れた、あの海によく似ていた。ここは海を埋め立てて造られた軍港で、白い砂浜はないけれど。

（私、どうしてあんなにも海に焦がれていたんだろう……）

海を見つめて、ひなはぼんやりと考える。

ずいぶん遠くに来たような気がして——そこでハッと気づいた。

（ああ、そうだわ。以前の私にとって、あの海が幸せな思い出の場所だったから……ずっといたいと願ってしまう場所だったから……でも、今は……）

ひなは、自分の隣に目を向けた。

そこには鷲一郎がいる。

すぐそばに、手を伸ばせば触れられる距離に。空に浮かぶ雲よりも白い軍服に身を包み、暗闇の中を光で導く灯台のように、眩く、真っすぐ立っている。

視線に気づいた彼と目が合った。

その瞬間、ひなの胸に湧き起こったのは、もはや郷愁などではなかった。

（……ずっと、この方と一緒にいたい）

それは、夢の中で抱いていたような『ここに留まりたい』と後ろ向きに固着する気持ちとは異なる。

この先に続く人生を、彼と共に歩んでいきたい。

そんな風に、未来を見つめた前向きな願いだった。

「ひなさん、どうしました？」

鷲一郎の顔を、ひなはじっと見つめる。

もうすぐ、彼はこの海の向こうに行ってしまう。

……離れたくない。

そう願っても、叶うものではない。それは、ひなも分かっている。

だから、願いを変えた。

海神に願うのは、彼が無事に帰ってくること。

そうして彼が陸に戻ってきた時には、こうして二人の時間を大事にしたいと思った。

「……私、鷲一郎さんが次にお戻りになるまでに、もっと強い人間になります」

あなたが安心して海で過ごせるように。

私があなたの戻ってくる場所を守れるように。

たとえ共に過ごせる時間が短くとも、生きた時間が短くとも、互いに、出会えたことを幸せだと思えるように。

ひなは笑顔で言った。

「鷲一郎さん。私、お待ちしております」

涙は堪えた。

そう思った瞬間、ひなの目の前が真っ白になった。

鷲一郎に力強く抱き寄せられたからだと気づくのに、時間はかからなかった。この腕に、胸に、何度も心を救われたから。

「戻ってきます。必ず」

「……はい」

か細い涙声は、さざ波の音に掻き消される。

無情な時が迫るが、それでも許す限り、二人は長い間そのまま抱き合っていた。

比翼の鳥の如《ごと》く、決して互いが離れぬように。

海が、連理の枝を分かたぬように。

光文社文庫

文庫書下ろし

雛《ひな》の結《けつ》婚《こん》

著者　三《み》萩《はぎ》せんや

2025年1月20日　初版1刷発行

発行者　三宅貴久
印刷　KPSプロダクツ
製本　ナショナル製本

発行所　株式会社　光文社
〒112-8011　東京都文京区音羽1-16-6
電話（03）5395-8147　編集部
8116　書籍販売部
8125　制作部

落丁本・乱丁本は制作部にご連絡くだされば、お取替えいたします。
ISBN978-4-334-10539-6　Printed in Japan

組版　萩原印刷